장식과 범죄

Ornament und
Verbrechen

KB077976

아돌프 로스
이미선 엮고 옮김

장식과 범죄

Ornament und Verbrechen

오토 마이어가 촬영한 아돌프 로스

빈의 미하엘러플라츠에 위치한 로스하우스(Looshaus)

로스가 디자인한 루퍼하우스(Haus Rufer)

입방체 모양이 특징적인 로스의 슈타이너하우스(Haus Steiner)

호르너하우스(Haus Horner)

로스가 디자인한 부채꼴 등받이가 있는 의자

차례

남성 패션
《노이에 프라이에 프레세》[1](1898. 5. 22.)

옷을 잘 입는다는 것, 누가 그러고 싶지 않겠는가? 우리 세기는 복장의 질서를 없앴고, 이제 각자는 왕처럼 옷을 입을 권리가 있다. 얼마나 많은 국민이 이런 자유로운 성과를 누리느냐가 한 나라의 문화 척도가 될 수 있다. 영국과 미국에서는 모든 사람이, 발칸 국가들에서는 상위 만 명만이 이런 권리를 누린다. 그러면 오스트리아에서는? 이 질문에 대답하려 애쓰지는 않겠다.

미국 철학자가 어디선가 말했다. "젊은이가 머리에는 이성, 트렁크에는 좋은 양복을 가지고 있다면 그는 부자다." 그 철학자는 세상을 잘 아는 사람이다. 자기 국민을 잘 안다. 좋은 옷으로 자신을 제대로 드러내지 못한다면 이성이 무슨 소용이 있겠는가. 그래서 영국인과 미국인은 모두에게 옷을 잘 입으라고 요구한다.

---

1   Neue freie Presse. '신 자유 신문'이라는 뜻. 1864년에 창간되어, 1939년 《노이에 비너 저널》과 함께 《노이에스 비너 탁블라트》에 합병되었다.

하지만 독일인은 여전히 쓸데없는 짓을 한다. 그들도 옷을 잘 입으려 한다. 영국인이 통 넓은 바지를 입으면, 독일인은 곧 그런 바지는 미적이지 않으며 좁은 바지만이 아름다움의 규범이라는 걸 영국인에게 증명한다. 이전 시대의 미학자 피셔[2]를 들먹이는지, 황금 분할을 들먹이는지는 모르겠지만 말이다. 큰소리로 꾸짖고 욕을 하고 저주를 퍼부으면서도 독일인은 해마다 바지통을 넓힌다. 그러면서 유행은 폭군이라 비난한다. 하지만 이게 무슨 일인가? 가치의 전도가 시작되었나? 영국인들이 다시 좁은 바지를 입는다. 그러면 바로 똑같은 방식으로 바지의 미에 대한 논증은 다른 쪽으로 진행된다. 누구라도 여기에서 현명해졌으면 한다.

어쩌면 영국인들은 미에 굶주린 독일인들을 안중에 두지도 않을 것이다. 메디치의 비너스, 판테온 신전, 보티첼리의 그림, 로버트 번스의 시, 그래, 이런 것이 아름답다! 그런데 바지라고!? 단추가 세 개 혹은 네 개 달린 윗옷은!? 아니면 앞섶을 깊게 파거나 얕게 판 조끼는!? 나는 모르겠다, 이런 것들의 아름다움에 대한 토론을 들을 때마다 늘 겁이 난다. "이거 예쁘지 않나요?"라는 옷 쪼가리에 대한 심술궂은 질문을 받을 때마다 신경이 곤두선다.

상류층 독일인은 영국인처럼 생각한다. 그들은 옷을 잘 입으면 만족한다. 아름다움은 포기한다. 위대한 시인, 위대한 화가, 위대한 건축가는 이들처럼 옷을 입는다. 하지만 재주 없는 시인, 재주 없는 화가, 재주 없는 건축가 들은 자신의 육체

---

2   Friedrich Theodor Vischer(1807~1887). 독일 문예학자, 미학자, 저술가이자
    정치가

를 제단으로 삼는데, 이 제단에는 벨벳 깃, 미적인 바지 천과 분리파적인[3] 넥타이이라는 형태로 아름다움에 제물이 바쳐져야 한다.

옷을 잘 입는다는 건 무엇일까? 그건 결점 없이 정확하게 입는 것이다.

결점 없이 정확하게 옷을 입는 것! 이 말로 왠지 나는 지금까지 우리 의복 유행을 둘러싸던 비밀을 들추어내는 것 같다. 사람들은 아름답다, 세련되다, 고상하다, 멋지다, 활기차다 같은 말로 유행을 설명하려 했을 텐데 말이다. 그렇지만 이런 건 중요하지 않다. 중요한 것은 최대한 눈에 띄지 않게 옷을 입는 것이다. 빨간 연미복은 무도회장에서 눈에 띈다. 따라서 빨간 연미복은 무도회장에서는 유행에 뒤떨어진다. 얼음판 위에서 실크해트는 눈에 띈다. 따라서 실크해트는 얼음판 위에서는 유행에 뒤떨어진다. 고상한 모임에서는 눈에 띄는 건 다 세련되지 못하다.

이런 기본 원칙이 어디서나 통용되지는 않는다. 런던의 하이드파크에서는 눈에 띄지 않는 웃옷이 베이징, 잔지바르, 슈테판스플라츠에서는 아주 잘 눈에 띌 수도 있다. 그 옷은 딱 유럽적이기 때문이다. 그렇다고 문화의 첨단에 있는 사람이라면 베이징에서는 중국식으로, 잔지바르에서는 동아프리카식으로, 슈테판스플라츠에서는 빈풍으로 옷을 입어야 한다고 요구할 수는 없다! 따라서 앞에서 내가 주장한 문장은 제한적

---

3   분리파는 오스트리아 헝가리 제국에서 세기말(1890년대) 이후 유행한 미술 사조. 1897년 4월, 이십여 명 화가와 건축가가 아방가르드(전위 예술가) 동맹을 결성하여 시작했으며, 이들에 대해서 분리파(Secession)라는 명명이 이루어졌다.

이다. 즉 결점 없이 정확하게 옷을 입으려면 그 문화의 중심에서 눈에 띄어서는 안 된다.

서양 문화의 중심은 현재 런던이다. 그러면 어떤 사람이 산책을 하다가 자기 주변 환경과는 아주 다른 지역으로 가게 될 경우에는 어떻게 해야 할까. 거리가 바뀔 때마다 옷을 갈아입어야만 할까. 말도 안 된다. 하지만 우리는 모든 우발적 사태를 충분히 논의했으니 우리의 명제를 완벽하게 표현할 수 있다. 그것은 다음과 같다. 즉 어떤 사람이 입은 옷이 최상류층의 특정 상황에서 가장 눈에 띄지 않을 때, 그 옷은 최신 유행이다. 품위를 갖추고 생각하는 사람이라면 모두 인정할 법한 이 영국식 관점은 독일의 중류층과 하류층에서는 상당한 반론에 부딪힌다. 독일만큼 멋쟁이가 많은 민족은 없다. 멋쟁이란 주위 환경으로부터 자신을 돋보이게 하기 위해서만 옷을 입는 사람을 말한다. 사람들은 이런 바보 같은 유별난 행동에 설명을 보태기 위해 때로는 윤리를, 때로는 위생학을, 때로는 미학을 끌어다 댄다. 장인 디펜바하[4]에서부터 얘거 교수에 이르기까지, 최신 유행을 따르는 작가 나부랭이[5]로부터 빈 지도자의 아들에 이르기까지 어떤 공통의 사슬이 이어져서, 이들을 모두 정신적으로 잇는다. 하지만 이들은 서로를 견뎌 내지 못한다. 어떤 멋쟁이도 자신이 그들 중 하나라고 시인하지 않는다. 멋쟁이는 다른 멋쟁이를 놀리고, 멋 내기의 싹을 잘라

---

4 1900년경 빈에는 생활을 개혁하려는 사람들이 있었다. 그중 한 명이 독일 화가 카를 빌헬름 디펜바하(Karl Wilhelm Diefenbach, 1851~1913)로 그는 항상 두건이 달린 수도복을 입고 다녔다.

5 페터 알텐베르크(Peter Altenberg, 1859~1919)를 뜻한다. 아돌프 로스와 페터 알텐베르크는 의복에 있어서는 다른 의견을 갖고 있었지만 친구였다.

버린다는 핑계를 대면서 늘 새롭게 맵시를 낸다. 최신 유행의 멋쟁이 혹은 완전한 멋쟁이는 이렇게 멀리 가지를 친 가족의 구성원일 뿐이다.

이 멋쟁이가 남성복 유행에 대해 큰소리치는 것은 아닌지 독일인들은 의심한다. 이런 의심은 이 천진한 피조물들에게 는 어울리지 않는 명예다. 내가 했던 말에서 알 수 있듯, 멋쟁이는 절대 유행에 맞게 옷을 입지 않는다. 하지만 이 말도 그에게는 적용되지 않을 것이다. 멋쟁이도 그의 주변 사람들이 유행이라고 생각하는 것을 입기 때문이다.

아니, 근데 유행이라고 여겨지는 것과 유행은 다른 것인가? 그렇다. 따라서 각 도시의 멋쟁이는 서로 다르다. A에 수입된 것이 B에서는 이미 그 매력을 잃는다. 베를린에서 칭찬받는 게 빈에서는 비웃음을 당할 위험이 있다. 고상한 사람들은 그런 일에 신경 쓰는 걸 하찮게 여긴다. 하지만 그들은 적어도 중산층이 받아들일 정도의 유행 변화를 받아들이는 건 괜찮다고 생각한다. 상류층은 이제 옷의 질서로써 보호받지 못하며, 새 옷을 입은 다음 날 곧 모든 사람이 자신의 옷을 똑같이 흉내 내어 입어 불편해한다. 그러면 이들은 즉시 대체품에 눈을 돌리게 될 것이다. 새로운 소재와 재단을 찾기 위한 이 영원한 추적에서 해방되기 위해, 이제 가장 무난한 방법이 책정되었다. 새로운 형태는 유명한 양재사의 공개적인 비밀인 듯, 그것이 드디어 유행잡지에서 누설될 때까지 수년 동안 조심스레 보호된다. 그리고 그 나라의 마지막 한 사람까지 알게 되려면 몇 년이 걸린다. 그러면 이제야 비로소 멋쟁이들이 다음 차례가 되어, 이를 제 것으로 만든다. 하지만 오랫동안 이리저리 돌아친 탓에 원래 형태는 아주 심각하게 변형되었고, 이 형태는 지리적 상황에도 종속된다.

　가장 고상한 규범에 맞춰 누군가에게 옷을 입힐 능력이 있는 위대한 양재사는 전 세계에서 손으로 꼽을 정도다. 역사가 유구하고 인구 수백만이 사는 도시임에도 내세울 만한 양복점이 없는 곳들이 많다. 베를린에서조차도 빈의 장인인 에벤슈타인[6]이 그곳에 지점을 낼 때까지는 그런 양복점이 없었다. 에벤슈타인이 오기 전에는 베를린 궁정 사람들은 옷장 속의 많은 옷을 런던의 풀 양복점에서 맡겼다. 우리 빈에도 이런 양재사의 이름이 붙은 몇몇 상점이 있다. 이는 우리의 귀족이 항상 영국 여왕의 접견실 손님으로 영국에 많은 옷을 주문했으며, 이런 식으로 복장에서 드러나는 기품을 빈에 이식한 덕분이다. 빈의 양재사들은 외국에서 부러워할 만큼 복장을 정점에 올려놓았다. 빈의 상위 만 명은 유럽 대륙에서 가장 옷을 잘 입는다고 할 수 있다. 왜냐하면 다른 양재사들도 이런 큰 회사들의 영향으로, 보다 높은 수준에 도달했기 때문이다.

　큰 회사들과 그들의 직계 후손들에게는 공통적인 특징이 있다. 공개를 꺼린다는 점이다. 가능한 한 고객을 소수로 한정한다. 웨일스 왕자 앨버트 에드워드의 추천을 받아야만 들어갈 수 있는 런던의 양복점들만큼 배타적이지는 않았다. 하지만 외부에 그 화려함을 보여 주는 것에는 익숙하지 않았다. 전시 위원회는 빈의 몇몇 최고 양복점에게 그들 상품을 노출하라고 설득하는 데 많은 어려움을 겪었다. 이 상점들이 아주 교

6　Ernest Ebenstein(1843~1919). 빈의 궁정 양재사. 빈의 콜마르크트 5번가에 있는 그의 가게는 1897년 아돌프 로스가 설계했다. 아돌프 로스의 작품 중 가장 유명한 건물은 미하엘러플라츠에 있는 고급 남성복 상점인 골트만운트잘라취(Goldmann & Sallatsch)다.

묘하게 문제를 피했다는 것을 인정해야만 한다. 그들은 모조가 불가능한 품목만 전시한 것이다. 가장 교묘하게 문제를 피한 것은 에벤슈타인이었다. 그는 열대 지방(!)을 위한 복장으로 일종의 턱시도(여기서는 스모킹이라고 잘못 불린다.), 사냥 조끼, 프로이센 정부의 명예 여성 연대장 유니폼, 하나하나가 예술품인 조각된 진주 단추가 달린 코칭코트를 전시했다. 아! 켈러는 뛰어난 유니폼과 함께 회색 평상복 바지와 함께 프록코트를 선보였다. 이 복장이라면 편안히 영국 여행을 할 법했다. 노퍽재킷도 아주 잘 만들어진 것처럼 보였다. 우첼운트존은 그들 가게의 특별한 옷, 즉 궁정 유니폼과 정부 유니폼을 선보였다. 이 옷들은 분명 좋을 수밖에 없다. 그렇지 않다면 이 가게는 이 분야에서 오래도록 쌓아 온 지위를 그렇게 오래 누리지 못했을 것이다. 프란츠 부바체크는 황제의 운동복을 전시했다. 노퍽재킷의 재단은 새롭고 결점이 없었다. 부바체크는 그의 전시를 통해 다른 사람이 자기 작품을 베끼는 것을 두려워하지 않는다는 용기를 보여 주었다. 골트만운트잘라취 양복점도 동일한 행동을 했다고 볼 수 있는데, 그들은 자신들의 전문인 요트 함대의 유니폼을 전시했다. 요제프 스칼리는 이 회사만의 세심한 작업으로 완성한 다채로운 유니폼 컬렉션을 선보였다. 에머리히 쉰부른은 변화를 보여 주는 것 같다. 많은 의상들은 이 양복점이 세련된 작업을 할 수 있음을 증명하는데, 다른 영역을 허용할 마음도 있다는 것을 보여 준다.

하지만 여기서 무조건적인 칭찬은 끝내야 할 것 같다. 빈의 양복점협회의 공동 작품 전시회는 그런 칭찬을 받을 만하지 않다. 때로 옷 만드는 사람은 고객과의 문제에서 너그러워져야 한다. 고객이 자기 뜻을 고집하느라 불거지곤 하는 몰취미에 대해서는 고객 자신이 책임을 지기 때문이다. 여기서 중소기업은 자신들이 고객보다 한 수 위라는 것, 그들을 함부로 다루고 좌지우지하려 든다면 큰 기업과 싸울 수도 있음을 보여 줄 수도 있었을 것이다. 그러나 대부분은 이 기회를 등한시했다. 이미 소재 선택에서 그들은 무지를 드러냈다. 커버코트 소재로 헐렁한 외투를 만들었고, 헐렁한 외투용 소재로는 커버코트를 만들었다. 노퍽재킷의 소재로는 콤비 신사복을, 매끄러운 모직으로는 프록코트를 만들었다.

　재단도 별로다. 세련된 작업을 한다는 기본 원칙을 준수한 사람은 소수였고, 대다수는 멋쟁이가 좋아하는 성향을 따랐다. 그래서 더블 단추가 달린 조끼, 체크무늬 양복, 벨벳 깃이 달린 옷을 만들어 냈다. 어떤 회사는 재킷에 푸른색 소맷부리를 달기까지 했다! 그래, 그 재킷이 최신 유행이 되지 않는다면야……. 여기서 이 대소동과 약간 거리가 있는 몇 사람의 이름을 언급하려고 한다. 안톤 아담은 솜씨가 좋지만, 그가 만든 조끼는 너무 깊게 파였다. 알로이스 데커의 이름도 언급할 만하다. 알렉산더 도이치는 훌륭한 겨울 외투를 만들고, 요제프 후멜은 멋진 얼스터[7]와 노퍽을 만든다. 크로우파는 장식용 끈을 단 탓에, 제대로 된 프록코트를 망쳤다. 에마누엘 쿨은 세련되었고, 레오폴트 쿠르츠바일, 요한 나이들과 벤첼 슬라비도 정통 프록코트를 만들었다. 요제프 로지발은 훌륭한 연미복을 선보였다. 나는 전시에 의상을 공개한 회사를 하나 더 언급할 생각이었다. 하지만 그 회사가 만든 노퍽재킷에서 팔놀림

7　얼스터 지방에서 유래된 두껍고 거친 털외투. 보통 허리띠가 있고 갓이 넓으며 앞에 두 줄로 단추를 단다.

을 자유롭게 하려고 천에 잡아 놓은 주름을 펴 보려고 했는데, 되지 않았다. 주름이 제대로 잡혀 있지 않았던 것이다.

신사모
《노이에 프라이에 프레세》(1898. 7. 24.)

유행은 어떻게 만들어지는가? 누가 유행을 만드는가? 분명 아주 어려운 문제다. 적어도 머리 덮기 영역에서 이 문제를 쉽게 풀어내는 건 빈의 모자패션협회가 담당할 일이었다. 이 협회는 일 년에 두 번 초록색 책상에 둘러앉아 온 세계에 다음 시즌에 써야 할 모자 형태를 일러 준다. 온 세계를 위해서 확정해야만 한다. 우리의 합승 마차를 끄는 말에게 물을 먹이는 사람, 마부, 뚜쟁이, 멋쟁이나 빈의 다른 촌놈이 착용하는 빈의 전통복을 만들어서는 안 된다. 오, 아니다. 모자패션협회는 이런 사람들을 위해서는 머리를 고생시키지 않는다. 모자 패션은 오직 신사들을 위해서 결정된다. 신사들의 복장은 알다시피 지역과 관련된 스포츠를 행할 때를 제외하고는 이런저런 민속 의상과는 아무 상관이 없기 때문에, 전 세계의 신사들은 똑같이 옷을 입기 때문에, 빈 모자패션협회는 서양 문화의 모든 머리 덮개 유행을 선도한다.

이 질문에 대한 대답이 아주 간단하다고 생각할 사람이 어디 있겠는가! 나는 이제 경외심을 품고 존경스러운 모자 장인을 바라보았다. 그는 실크해트의 높이를 한 번 더 올리자는 의견에 표를 던졌고, 이렇게 다수의 표로 이 규칙을 관철했다. 그 사람 혼자서, 파리에서부터 요코하마까지 길에 다니는 모든 사람들에게 상류 사회 사람으로 취급받으려면 다음 해에는 조금 더 높은 실크해트를 쓰라고 강요한 것이다. 하지만 파리에서부터 요코하마의 행인이 무엇을 알겠는가! 그들이 빈 11구역의 이 성실한 장인에 대해 무엇을 알겠는가! 그들은 어쩌면 유행의 폭군에 대해, 아주 괜찮은 경우에는 유행, 이 변덕스러운 여왕에 대해 되는대로 떠들 것이다! 11구역의 그 성실한 장인은 폭군이다, 신이다!

이 사람이 코감기에 걸려서 그랬건 혹은 깐깐한 마나님이 저녁에 밖에 마음대로 돌아다니지 못하게 하거나 완전히 잊어버려서 그랬건, 아무튼 그가 모자 유행 선거에 참석을 못 했더라면 그 결과가 어떻게 됐을지 생각할 수도 없다. 그랬더라면 온 세계는 좀 더 낮은 실크해트를 쓰고 다녀야만 했을 것이다. 모자패션협회 회원들이 전 세계에 대한 그들의 과중한 책임을 참작하여, 어떤 일로도 연간 두 번의 투표에 방해받지 않기를 기대한다.

독자들한테 다음과 같은 질문을 들은 것 같다. "그래, 파리, 런던, 뉴욕과 봄베이의 모자 만드는 사람들이 빈의 장인들한테 모자 패션을 결정하게 내버려 두었단 말인가요?" 나는 작은 소리로 대답해야만 한다. "유감이지만 그렇지는 않아요." 이 열등한 인간들, 그 꼭대기에는 당연히 불성실한 앨비언[8]이 있는데, 이들은 이 선거 결과를 단 한 번도 염두에 두지

8　영국이나 잉글랜드를 가리키는 옛말이다. 불성실한 앨비언(perfide Albion)은

않는다. 그래, 그렇다면 이 선거에 아무 목적도 없단 말인가? 그렇다. 이 선거는 무해한 놀이다. 루마니아의 수도 부쿠레슈티의 모자 제조사 혹은 시카고의 모자 제조사가 선거를 해도 상관없을 정도로 무해하다. 세련된 남자, 자신의 모자를 쓰고 전 세계 어디를 가도 세련되었다는 평을 받고 싶은 그 남자의 모자 형태는 그런 선거에 영향을 받지 않는다.

하지만 잠깐, 이 놀이는 그렇게 완전히 무해하다고 할 정도는 아니다. 사실 세련된 사람들은 우리의 모자 만드는 사람들이 일반적으로 생각하는 것보다 많다. 이들은 영국 모자를 장만하는 수밖에 없다. 왜냐하면 이들은 검정과 노랑으로 칠해진 국경 말뚝[9]이 끝나는 순간, 세련미도 사라지는 모자를 원치 않지만, 우리의 모자 만드는 사람들은 모자협회의 결정에 따라 그런 모자만 만들려 하기 때문이다. 모자패션협회가 제시한 타입은 훌륭한 사회 안의 지배적인 모자 패션과는 동떨어져서, 같은 품질의 영국 모자가 두 배 더 비싼데도 오스트리아의 영국 모자 소비는 해마다 두 배 증가하고 있다. 우리의 펠트가 품질도 탁월하고 가격도 저렴해서 온 세계와 경쟁할 정도라는 것을 생각하면, 이런 현상이 더욱더 슬프게 느껴진다. 부정확한 모양과 품질 때문에 외국에 빈의 모자를 파는 것은 늘 실패했다.

우리의 최고 기업들은 모자패션협회가 제시한 모양 때문

나폴레옹 1세가 영국을 매도해서 쓴 호칭이다.

9 오스트리아 국경을 뜻한다. 합스부르크 가문의 깃발은 검정과 노랑으로, 이 깃발은 오스트리아 시민의 공식 깃발 혹은 오스트리아 헝가리 제국에서 오스트리아 지역의 깃발로 사용되었다. 현재 오스트리아 국기는 빨강, 하양, 빨강의 순서로 이루어져 있다.

에 고객, 즉 세련된 고객층에게서 최악의 경험을 했다. 그래서 이 협회를 따르는 것을 곧 그만두었다. 플레스나 하비히 같은 회사 제품에서도 협회가 제시한 모자 형태를 찾는 것은 쓸데 없는 일이다. 협회로부터 독립했다는 사실은 수출에서도 눈에 띈다. 하비히의 모자는 전 세계에서, 뉴욕에서도 리우데자네이루에서도 만날 수 있다. 그런데 외국과 교류를 하고 세련된 고객도 있어서 결점 없는 모자를 생산할 수 있는 궁정 모자 제작자가 왜 변방의 모자 장인과는 다른 모자를 만들어야 하는지 나는 이해할 수가 없다.

모자패션협회에 필요한 것은 단 하나뿐이다. 즉 협회원 중 한 사람이 불현듯 상상한 형태를 유행으로 제시하는 대신, 전 세계, 다시 말해 가장 세련된 계층의 유행에 맞을 만한 형태를 발표하는 것이다. 그러면 수출은 증가할 것이며 수입은 감소할 것이다. 잘 생각해 보면, 가장 작은 지방 도시에 이르기까지 모든 사람들이 빈의 귀족들처럼 세련된 모자를 쓰게 된다면, 잘못된 일은 아닐 것이다. 옷으로 신분을 나타내는 시대는 지났다. 하지만 이 협회가 내린 많은 결정들은 우리 모자 산업의 직접적인 손실을 의미한다. 실크해트는 지난 시즌에 비해 높이가 낮아졌다. 그러나 협회는 다음 시즌의 실크해트 높이를 다시 올리기로 했다. 그래서 그 결과는? 지금 영국의 모자 제조자들은 벌써 오스트리아 시장에 실크해트를 대량 수출하려고 준비 중이다. 왜냐하면 오는 겨울에는 고객들이 빈의 모자 제조업자들한테서는 유행 실크해트를 구할 수 없기 때문이다.

다른 면으로 보면 협회의 활동이 업계에 도움이 될 수도 있다. 우리 오스트리아의 국민 모자라 할 수 있는 로덴[10] 모자는 세계를 휩쓸 여정에 발을 내딛기 시작했다. 이미 영국에서는 여행이 시작되었다. 웨일스 왕자는 오스트리아에서 사냥 여행을 하던 중 이 모자를 알게 되었고, 괜찮다고 생각해 집으로 가져갔다. 그곳에서 이 모자는 영국 사회, 여성과 남성 모두를 정복했다. 그런데 로덴 모자 산업에 있어서는 정말 어려운 시점이다. 누가 영국 사회에 로덴 모자를 만들어 줄 것인가 하는 문제가 발생하기 때문이다. 당연히 오스트리아 사람들이 만들어 줄 것이다. 영국 사회가 원하는 모자 형태들을 생산하는 동안에는 그럴 것이다. 이렇게 하기 위해서는 무한한 예민함, 사회에 대한 정확한 인식, 세련됨에 대한 감수성과 다가올 것에 대한 섬세한 직감력이 필요하다. 협회의 초록 책상에서 이뤄진 조잡한 다수결 선거로는 이 계층에게 어떤 모자 형태도 강요할 수 없다. 대형 제조 업체야 제품 판매에 유리한 적합한 시점을 잘 알겠지만, 나는 소규모 모자 제조사도 이를 알아야 한다고 생각한다. 따라서 이 어려운 질문에 봉착했다고 생각했다면, 모자패션협회는 소규모 모자 제조사를 위해 이런 시점을 알아내는 일을 맡아야만 한다. 어쩌면 이것을 대형 제조 업체들도 모를 수도 있다. 그러면 영국인들이 상속자가 되어, 우리 알프스 지방의 소규모 모자 제작자가 1000년 동안 신중하게 지켜 온 커다란 보물을 차지하여 기뻐할 것이다.

영국인들은 오스트리아인과는 전혀 다른 사업가다. 그들이라면 모자 시장을 위해 다른 모자를 만든다. 우리는 착각하

10 오버용 두꺼운 방수천

면 안 된다. 우리가 빈 광장에서 구매하는 영국식 모자는 유행하는 모자와 모자패션협회 모자 사이의 절충이다. 미개한 민족들을 위해서도 이들 대다수가 좋아할 만한 모자가 생산될 것이다. 영국인들은 우리를 미개인 취급 한다. 그들이 그러는 건 당연하다. 이런 식으로 그들은 우리에게 모자를 많이 판다. 하지만 상류층이 쓰는 모자, 그러니까 유행하는 모자로는 사실 제대로 된 장사를 못 할 것이다. 그들은 빈 사람들에게는 유행하는 모자를 팔지 않고, 빈 사람들이 유행이라고 생각하는 모자를 판다. 둘은 차이가 크다.

그들은 제대로 된 모자는 런던에서만 판매한다. 내가 갖고 있던 런던식 모자들이 망가졌을 때, 올바른 모양의 모자를 사려고 빈의 가게를 찾아다녔다.[11] 이때 이곳에서 파는 영국식 모자는 런던에서 파는 그런 모자와 같지 않다는 것을 알게 되었다. 그래서 영국의 모자 제조업자에게 영국 왕실 가족 일원들이 사용할 만한 패션의 모자를 영국에서 만들어 달라고 부탁했다. 런던 가게의 품질 보증을 해 달라는 조건을 걸었다. 비용은 부수적 문제였다. 하지만 당시 정말 내 부탁은 씨도 먹히지 않았다. 영국 상점은 수개월간 평계를 대더니, 상당량의 전보가 오간 뒤에는 아예 소식을 끊어 버렸다. 아마 모자패션협회가 이 모자 형태를 만드는 게 쉬웠을 게다. 빨리 만드는 것은 두말할 나위도 없었다. 영국 사람들이 삼 년 전에 쓰고 다녔던 그 모자를 지금 구할 수 있다는 사실에 우리는 아주 만

---

11 많은 사진들에서 보듯 로스는 늘 옷차림이 좋았다. 그의 오랜 여자 친구였던 영국 댄서 베시 브루스(Bessie Bruce, 1886~1921)에 따르면 로스는 그가 그렇게 칭찬했던 영국 신사보다 훨씬 더 옷을 잘 입었다고 한다.

족했을지도 모른다. 하지만 우리가 보기에 그 모자는 너무나 최신 유행이라서, 빈에서는 아직 누구도 관심을 두지 않을 수도 있다. 그렇지만 최신 유행 모자라면 그래야 한다고 생각할 수도 있을 터다. 유행은 천천히, 사람들이 보통 생각하는 것보다 천천히 진행된다. 정말로 유행하는 물건들은 그 유행이 오래가기도 한다. 다음 시즌에는 벌써 구식으로 치부되는 옷, 다른 말로 해서 불편하게 눈에 띄는 옷에 대해 듣는다면, 우리는 그것이 절대 최신 유행이 아니며, 최신 유행을 사칭했다고 말할 수도 있다.

로툰데[12]에서 열리는 우리 모자패션협회 전시를 볼 때, 이렇게 쓸 만한 산업이 더는 수출에 참가하지 않는다고 생각하면 마음이 아프다. 모자 안감에 새겨진 우리 황제의 초상을 제외하고는 어느 것도 미적 감각이 떨어지지 않는다. 가장 별볼 일 없는 모자 장인조차도 최고의 가게가 만들어 낸 것과 같은 뛰어난 제품을 만들 능력을 갖고 있다. 유감스럽게도 다른 의복 분야에서는 이런 주장을 할 수 없다는 것을 생각하면, 모자 분야의 수준이 얼마나 높은지 알 수 있다. 각각 자신의 본질적인 유용성을 보여 주려 했고, 전시에서 모험적인 형태로 관중의 주목을 끌려는 유명한 속임수는 예외 없이 거부당했다. 따라서 전시는 전체적으로 점잖고 고상한 분위기가 풍겼다. 모자 조합은 군소 제조업자 열두 명의 제품 모두를 하나의 진열장에 모아 놓았다. 모두 훌륭한 제품이다. 우리의 궁정 모자 제조업체들, 즉 하비히, 베르거, 이타와 스크리반 회사는 다양

---

12 빈에 있는 로툰데는 1873년 세계박람회 때 빈의 프라터에 세워진 건물이다. 1937년 화재로 소실되었다.

한 전시품을 내놓아 두각을 나타냈다. 유감스럽지만 나는 형태의 정확성에 대한 품평을 더는 할 수 없다. 이미 이 년 전부터 빈에 있었기 때문이다. 그러나 우아한 모양에 관해서라면 이타 브랜드의 모자에 상을 주고 싶다.

우리의 모자패션협회가 다른 문화 민족과 접촉을 시도하고 그렇게 되기를 바란다. 오스트리아의 국민 유행을 만들어 내는 것은 환상이며, 그런 환상에 강력하게 집착함으로써 우리의 산업은 예측할 수 없는 손해를 입을 것이다. 중국은 장벽을 낮추기 시작했다. 잘한 선택이다. 잘못된 지역 애국주의 때문에 사람들이 우리 주변에 만리장성 쌓는 일을 내버려 두지 말자.

풋웨어
《노이에 프라이에 프레세》(1898. 8. 7.)

Tempora mutantur, nos et mutamur in illis!(시대는 변하고 우리는 시대 속에서 변한다)! 그리고 우리의 발도 그렇다. 때로는 작아지고, 때로는 커지고, 때로는 뾰족해지고, 때로는 넓어진다. 그래서 구두장이는 때로는 큰 신발을, 때로는 작은 신발을, 때로는 뾰족한 신발을, 때로는 넓은 신발을 만든다.

물론 그렇게 간단하지는 않다. 우리의 발 모양은 계절마다 달라지지는 않는다. 달라지기 위해서는 수세기, 적어도 한 세대가 필요하다. 왜냐하면 큰 발이 단번에 작은 발이 되지는 않기 때문이다. 이 점에서는 다른 복식 예술가들이 더 수월하다. 허리 부분을 강조하기도 하고 눈에 띄지 않게 할 수도 있으며, 높은 어깨, 처진 어깨 그리고 아주 많은 것들을 새로운 재단, 솜이나 다른 소재를 사용하여 변형할 수 있다. 하지만 구두장이는 늘 같은 구두 형태를 엄격히 고수해야만 한다. 작은 신발을 만들고 싶으면 발이 큰 세대가 모두 사라질 때가지 끈기 있게 기다려야만 한다.

그러나 모든 인간이 같은 시대에 같은 발 모양을 갖고 있지는 않다. 발을 많이 사용하는 사람의 발은 점점 더 커지고, 발을 거의 사용하지 않는 사람의 발은 점점 더 작아진다. 그러면 구두장이는 어쩌란 말인가? 어떤 발 모양을 기준으로 삼아야만 할까? 왜냐하면 그도 유행하는 신발을 만들려고 노력하게 될 게 분명하기 때문이다. 그 역시 발전하고자 하며, 그 역시 자기 제품이 잘 팔리도록 가능한 한 큰 매력을 부여하려는 마음이 가득하다.

따라서 모든 다른 분야가 하는 것을 그도 한다. 현재 사회 지배층이 하는 그런 발 모양을 따르는 것이다. 중세에는 기사들, 즉 말을 타는 사람들, 자주 말에 앉는 탓에 걸어 다니는 사람들보다 작은 발을 가진 사람들이 지배했다. 그래서 작은 발이 유행이었고, 새 주둥이처럼 신발 끝을 길게 빼서(부리 신발) 발볼을 좁아 보이게 만들었다. 이 점이 무엇보다도 중요했다. 그러나 기사 계층이 몰락하고 걸어 다니는 시민 계층이 도시에서 최고의 명망을 누리게 되자, 천천히 눈앞을 오가는 명문 가문의 크고 넓은 발이 유행이 되었다. 17, 18세기에는 궁정풍 생활 방식이 강하게 각인되어, 다시 걷지 않게 되었다. 그리고 가마가 많이 사용됨으로써 작은 발(작은 신발)이 높은 굽(뒤축)과 함께 유행이 되었다. 이 신발은 공원과 성에서는 쓸모가 있었지만, 거리를 걷기에는 쓸 만하지 못했다.

게르만 문화가 되살아나서 다시 말 타기가 존경을 받았다. 18세기에 자신이 유행을 따른다고 느끼고 생각했던 모든 사람은 말도 없으면서 영국식 승마용 신발인 장화를 신었다. 승마용 장화는 자유로운 인간의 상징이었다. 그는 이제 버클이 달린 신발 산업, 궁정 분위기, 매끈한 쪽마루 바닥을 극복한 사람이었다. 당연히 발은 작았고, 기사에게 필요 없는 높은 굽은 사라졌다. 따라서 이후의 세기, 즉 우리 세기는 가능한 한 작은 발을 갖고자 하는 마음으로 가득했다.

하지만 이미 이번 세기 동안에 인간의 발은 변화했다. 우리의 사회적 관계들은 필연적으로 우리로 하여금 매해 점점 더 빨리 걸을 수밖에 없게 만들었다. 시간 절약은 곧 돈 절약이다. 최고로 세련된 계층, 즉 시간이 충분했던 사람들도 이런 경향에 말려들어 속도를 더 높였다. 지난 세기 보행자가 마차 앞을 지나갈 때나 했던 걸음걸이는 오늘날의 보행자들에게는 당연한 것이다. 이전 시대에 사람들이 나아갈 때 하던 그런 느린 걸음은 오늘날의 우리에게는 가능하지 않을 것이다. 그러기에는 우리의 신경이 지나치게 민감하다. 18세기에는 군인들은 그저 발을 바꾸며 서 있는 정도로 보이게끔, 아주 지쳐 보이는 속도로 행진했다. 속도의 증가는 프리드리히 대제의 군대가 1분에 70걸음을 걷고, 현대의 군대는 120걸음을 걷는다는 사실로 제일 잘 설명될 것이다.(우리의 훈련 교범에는 일분에 115에서 117걸음을 걷도록 규정되어 있다. 하지만 이 속도를 지키려면 지금은 애를 써야만 한다. 왜냐하면 군인들 스스로 좀 더 빠른 속도를 원하기 때문이다. 훈련 교범 신판은 ─ 군대의 빈틈없는 전투태세에는 전혀 해가 되지 않을 것이다. ─ 이런 시대의 특성을 고려해야 할 것이다.) 따라서 우리의 군인들이, 이와 함께 빨리 전진하려고 하는 모든 인간이, 앞으로 백 년 뒤에 일 분에 몇 걸음을 걷게 될지 추측할 수 있다.

보다 발달된 문화를 가진 민족들은 아직 뒤처져 있는 민족들보다 빠르게 걷고, 미국인이 이탈리아인보다 빨리 걷는다. 뉴욕에 가면 늘 어딘가 불행한 사건이 터지지 않았나 하는 기분이 든다. 지난 세기에 빈에 살았던 사람도 오늘날 빈의 캐르트너슈트라세에 있다면 뭔가 일어난 듯한 인상을 받을 것이다.

아무튼 우리는 전보다 빨리 걷는다. 그것은 다른 말로 하면, 우리가 엄지발가락에 힘을 주어 점점 더 강력하게 땅바닥을 밟는다는 것을 의미한다. 그리고 사실 우리의 엄지발가락은 점점 더 힘차고 강력해지고 있다.

천천히 이리저리 거니는 것은 결과적으로 발볼을 넓게 만들었다. 반면 빨리 걷는 것은 가운데 발가락의 강력한 발달을 촉진해 발이 길어지게 했다. 이때 나머지 발가락들, 특히 새끼발가락은 이 발달 과정 속에서 똑같은 속도로 발달하지 않았다. 사용이 적은 탓에 발육이 제대로 되지 않았기 때문에, 이 또한 발을 좁게 만드는 결과를 낳았다.

보행자가 말 타는 사람을 대신하게 되었다. 보행자는 게르만의 문화 원칙이 강화된 것일 뿐이다. 자신의 힘으로 앞으로 나간다는 것은 다가오는 세기의 표어다. 말은 가마에서 인간 자신으로 가는 과정 중의 전환기일 뿐이다. 하지만 우리 세기의 역사는 말 타는 사람의 행복과 종말의 역사다. 이 세기는 진정한 말의 세기였다. 마구간 냄새는 우리의 최고 세련된 향기였고, 말 경주는 우리의 가장 민족적인 국가 경기였다. 기수는 독일 민요에서 가장 버릇없는 사랑꾼이었다. 기수의 죽음, 기수의 애인, 기수의 작별. 보행자는 아무것도 아니었다. 온 세상이 마치 기수처럼 옷을 입었다. 그리고 멋지게 옷을 입으려 할 때 우리는 승마용 재킷, 즉 연미복을 입었다. 모든 대학생은 자기 말을 가졌고, 거리는 기수들로 붐볐다.

이것이 어떻게 변했는지! 기수는 평야, 평평한 땅의 남자다. 자유로운 영국의 시골 귀족으로, 그는 말을 키웠고, 가끔 모임에 나타나 여우의 뒤를 쫓아 울타리를 뛰어넘었다. 그런데 이제 그는 산에 사는 남자로 대체되었다. 높은 산을 오르고, 자기 힘으로 인간의 안식처를 뛰어넘으려 전력을 다하는 데 기쁨을 느끼는 그런 고지 사람, 스코틀랜드인으로 대체된 거다.

기수는 장화와 무릎에서부터 아주 좁아지는 긴 바지를 착용한다. 이 바지는 보행자, 산악 지역에 사는 사람은 입을 수가 없다. 보행자는 스코틀랜드에 살건 알프스에 살건 단화와 무릎을 덮지 않는 양말을 신고, 무릎을 편하게 열어 놓는다. 스코틀랜드인은 잘 알려진 치마를 입고, 알프스 사람은 가죽 반바지를 입는데, 근본적으로 두 복장은 동일하다. 평야와 산악 지역에 사는 사람의 옷은 소재도 서로 다르다. 평야 지대 남자는 매끈한 모직(홈스펀)을, 산악 지역 남자는 거친 천(로덴)을 입는다.

산을 오르는 것은 인간에게 필수가 되었다. 백 년 전에 높은 산에 엄청난 공포를 느꼈던 그 인간들은 이제 평야에서 산으로 도망간다. 자기 힘으로 자신의 육체를 점점 더 높이 밀어 올리는 것, 산을 오르는 것을 현재 우리는 가장 고상한 열정으로 생각한다.

그럼 산악 지역에 살지 않는 사람은 그런 고상한 열정에서(지난 세기에는 승마 역시 고상한 열정이라 했던 것을 기억할 수 있을 것이다.), 그러니까 그런 고상한 열정에서 제외되어야 한단 말인가? 우리는 고산 지역에 살지 않는 사람에게도 이를 가능하게 해 줄 수단을 찾았고, 평야에서도 그런 움직임을 행할 수 있는 기구를 찾았다. 자전거가 발명되었다.

자전거 타는 사람은 평야의 등산가이다. 그래서 그는 등산가처럼 옷을 입는다. 목이 긴 장화와·긴 바지는 필요 없다. 그는 무릎 부분이 넓고 그 아래는 슈툴페(Stulpe)[13]로 마무리한 바지를 입는다. 이런 바지 밑단은 끌어 올린 뒤 끝을 뒤집어 접은 양말을 지탱해 준다(알프스 지역이나 스코틀랜드에서는 양말이 흘러내리지 않도록 양말목 부분을 뒤집어 접는다). 이런 식으로 바지 아래의 무릎은 충분히 맘껏 움직일 수 있어 무릎을 폈다 구부릴 때 방해가 되지 않는다. 이와 함께 언급할 것이 있는데, 빈에서는 슈툴페 끝단의 쓰임을 몰라서, 양말을 바지 안으로 당겨 신는 사람도 있다. 이들은 여름에 알프스를 위태롭게 만드는 다양한 어리석은 사람들 같은 이상한 인상을 준다. 자전거 타는 사람은 산악 지역 사람처럼 끈 달린 단화를 신는다.

끈 달린 단화는 이번 세기의 승마용 장화처럼 다가올 세기에 유행이 될 것이다. 영국인들은 변화를 곧바로 알아내어 현재 두 종류 신발을 다 신는다. 그러나 우리는 변화의 시기를 위해 끔찍한 자웅 동체, 즉 반장화를 만들어 냈다. 짧은 바지가 등장하자 반장화의 아주 불편한 모습이 곧 드러났다. 그때 사람들은 곧바로 알아챘다. 자선을 베풀 듯 바지로 신발을 가려주지 않는다면 반장화는 신을 수 없다는 것을 말이다. 우리 장교들은 이를 감추기 위해 각반을 사용했고, 보병은 각반을 금지한다며 군복 규정을 더욱 엄격하게 만든 법 때문에 불행해졌다. 하지만 우리한테 반장화는 쓸모가 없다. 대낮의 연미복만큼이나 거리를 산책할 때 연미복을 입으면 그 꼴이 정말

---

13   장갑, 장화, 바지 등에서 접어서 젖혀진 부분. 셔츠에서 슈툴페는 소맷부리, 커프스를 의미한다.

우습다. 그래서 엄청난 더위에도 연미복 위에 코트를 걸치거나 마차 안에 앉아 있어야만 한다. 아주 우스워 보인다. 그래서 지금까지 그런 옷은 모두 유행에서 사라졌다.

걷는 운동 덕에 우리의 고상한 계층의 발은 이제 예전같이 작지 않다. 발은 점점 더 커지고 있다. 영국 남녀의 큰 발을 우리는 이제 예전처럼 놀리지 못한다. 우리도 등산을 하고 자전거를 타며(이런 말을 해야 하는 게 끔찍하지만) 영국인의 발을 갖게 되었다. 그러니 우리 안심하자. 작은 발의 아름다움, 특히 남자한테서 그런 아름다움은 서서히 빛을 잃기 시작했다. 최근 미국에서 리고[14]에 대해 묘사한 글이 내게 도착했다. 그의 지인 중 하나가 글을 썼다. "나는 그 집시를 알고 있었네." 내용은 이어졌다. "바지 아래로 끔찍하게 작은 발이 삐죽 나와 있었지." 끔찍하게 작은 발이라니! 정말 설득력 있다. 미국에서 새로운 교훈이 오고 있다. 끔찍하게 작은 발! 성스러운 클라우렌[15]이여, 자네가 이런 사실을 겪었더라면! 이보게, 자네 주인공들은 수많은 독일 소녀들의 꿈속에 고귀한 남성성을 보이며 등장할 만큼, 작디작은 발을 가질 수 있었지. 템포라 무탄투르……

에나멜 구두라고 볼 수 있는 크뇌펠 구두도 여기서 언급되어야 할 것이다. 이 신발은 아무것도 하지 않기 위해 필요한 신발이다. 영국과 여기 오스트리아 귀족들 사이에서 정장과 함께 반짝이는 에나멜 구두를 신어야만 하는 그런 곳에서, 사

---

14   Rigó Jancsi(1858~1927). 헝가리 집시 악단의 제1바이올린 주자

15   독일 작가 카를 고틀리프 자무엘 호인(Karl Gottlieb Samuel Heun, 1771~1854)의 필명

람들은 (바지 아래) 광택이 나는 에나멜가죽으로 된 장화를 신는다. 댄스슈즈로는 댄스용 에나멜 구두(펌프스)[16]만 신어야 한다.

빈의 구두 제조업자와 빈의 보행자들에 대해서는 다음 기회에.

---

16 현재 앞이 막히고 굽이 있는 여성 정장화를 뜻하는 펌프스는 17, 18세기에 등장한 신발 형태로, 궁정의 남자 시종들이 무릎 길이의 바지에 흰색 양말과 함께 신었다. 프랑스 혁명 동안 펌프스의 굽은 사라졌다. 19세기 전반에는 댄디들이 신었다. 무도회용 신발도 펌프스라 한다.

여성 패션
《도큐멘테 데어 프라우엔》[17](1902. 3. 1.)

여성복! 너, 문화사 중 소름 끼치는 장이여! 너는 인류에게 은밀한 욕망을 전한다. 문화사에서 네가 기록된 페이지들을 넘기다 보면, 끔찍한 오류와 전대미문의 악덕을 마주한 탓에 영혼이 떨린다. 추행당한 아이들의 슬픈 울음, 학대받은 여인들이 날카롭게 소리치며 울부짖는 소리, 고문당하는 인간의 끔찍한 절규, 화형 장작더미에서 죽어 가는 사람들의 끊임없는 울부짖음이 들린다. 채찍이 철썩거리고, 대기는 인간의 살덩이가 타는 냄새로 가득하다. 인간 짐승[18]……

그러나 아니다, 인간은 짐승이 아니다. 짐승은 사랑한다, 그냥 사랑한다, 자연이 의도한 그대로이다. 그러나 인간은 자신의 자연을 학대하고, 자연은 인간 속의 에로스를 학대한다. 우리는 마구간에 가둬 놓은 짐승, 자연적인 먹이는 주어지지

---

17   여성에 관한 서류(Dokumente der Frauen)라는 뜻

18   프랑스 작가 에밀 졸라(Émile Zola, 1840~1902)의 1890년 작품 『La bête humaine』

않는 짐승, 명령에 따라 사랑해야만 하는 짐승이다. 우리는 가축이다.

인간이 짐승인 채로 있었다면, 일 년에 한 번은 마음속에 사랑을 끌어들였을 것이다. 하지만 애써 억제한 관능이 우리를 언제라도 사랑하기에 적합하게 만든다. 우리는 청춘을 빼앗겼다. 그런데 이 관능은 간단하지가 않고 복잡하며, 자연스럽지 않고, 자연 법칙에 어긋나는 듯하다.

이 비자연적인 관능은 매 세기, 아니 매 십 년, 다른 방식으로 나타난다. 그것은 대기 속에 떠돌고 전염되듯 영향을 준다. 때로는 숨길 수 없는 페스트처럼 곧 확산되고, 때로는 은밀한 전염병처럼 온 나라에 살금살금 퍼지기도 하며, 이 전염병에 습격받은 인간들, 이들은 서로의 앞에서 이 병을 숨길 줄 안다. 때로는 자신을 채찍으로 때리는 변태 성도착자가 온 세상을 돌아다니고, 활활 타는 화형 장작더미는 민중 축제가 되기도 하며, 때로 쾌락은 영혼의 가장 은밀한 계곡 속으로 후퇴하기도 한다. 하지만 사정이 어떻든 간에, 마르키 드 사드[19], 당대 관능의 극치였으며, 자신의 정신으로 우리의 환상이 할 수 있는 가장 압도적인 고문을 고안해 낸 사드와 사랑스럽고 창백한 소녀, 벼룩을 눌러 죽인 뒤에 그 심장이 더욱 자유롭게 안도의 숨을 쉰 그 소녀, 이 둘은 같은 부류이다.

여성의 고귀함은 단 한 가지 갈망을 알고 있다는 데 있다. 즉 크고 강한 남성 옆에서 자신의 확실한 자리를 차지하려는

---

19 심리학자 크라프트에빙(Richard Freiherr von Krafft-Ebing, 1840~1902)은 프랑스의 사드(Marquis de Sade)와 오스트리아의 자허마조흐(Sacher-Masoch)의 문학에 나타나는 특징에 따라, 사디즘과 마조히즘이라는 용어를 창안했다.

것이다. 현재 이러한 갈망은 여성이 남성의 사랑을 획득할 때만 충족될 수 있다. 사랑은 그녀에게 남성을 예속시킨다. 그러나 이 사랑은 자연스럽지 않다. 만일 이런 사랑이 자연스러운 것이라면, 여성은 남성에게 벌거벗은 채 접근할 것이다. 하지만 벌거벗은 여성은 남성에게 매력적이지 않다. 그녀는 남성의 사랑을 불타오르게 할 수는 있어도 획득할 수는 없다.

그대들은 부끄러움이 여성에게 무화과 나뭇잎을 입도록 강요했다는 말을 들을 것이다. 말도 안 되는 소리! 부끄러움, 세련된 문화를 통해 겨우 형성된 이 감정은 원시인에게는 낯선 감정이었다. 여성은 옷을 입었고, 옷을 입은 여성은 남성에게는 수수께끼가 되어서, 남성은 이 수수께끼를 풀고자 하는 욕구로 가득 차게 되었다.

여성이 성 대결에서 현재 소유하고 있는 유일한 무기는 사랑을 일깨우는 것이다. 그러나 사랑은 욕정의 딸이다. 남성의 욕망을 자극하는 욕정은 여성의 희망이다. 남성은 여성을 자신의 위치, 즉 그가 인간 사회에서 이룩한 지위를 통해 지배한다. 남성은 자신의 복장을 통해 고상함을 표현하고자 하는 충동이 있는데, 이 충동이 남성을 내적으로 충족시킨다. 모든 이발사는 백작처럼 보이고 싶어 한다. 반면 백작은 절대 이발사 취급당하려 하지 않는다. 그리고 결혼에서 아내는 남편을 통해 자신의 사회적 인식표를 얻는다. 그녀가 과거에 고급 창부였건 제후의 아내였건 상관없다. 여성의 지위는 완벽하게 사라진다.

따라서 여성은 옷을 통해 남성의 관능에, 무의식적으로 남성의 병적인 관능에 호소하라고 강요당한다. 이런 병적 관능에 대해서는 자기 시대의 문화에 그 책임을 물을 수밖에 없다. 대다수 대중은 세련되려 하고 이런 식으로 원래 세련된 형식의 가치를 떨어뜨린다. 그리고 정말로 세련된 사람들(대중이 세련되었다고 여기는 사람들)은 자신을 다른 사람들과 분리하기 위해 새로운 형태를 찾는다. 남성복에서는 이런 식으로 변화가 일어난다. 반면 여성복에서는 관능의 변화에 따라서만 변화가 강요된다.

그리고 관능은 끊임없이 변한다. 보통 한 시대에 어떤 오류들이 쌓이는데, 나중에 다른 자리를 만들기 위해서이다. 우리 형법 125항에서 133항[20]에 따른 비난은 가장 경박한 패션 잡지라 할 수 있다. 굳이 먼 과거의 이야기를 하지 않겠다. 1870년대 말과 1880년대 초의 문학은 이런 방향의 내용을 많이 포함하고 있는데, 사실주의적 솔직함, 여성의 풍만한 아름다움과 채찍질 장면에 대한 서술로 영향을 끼치려 했다. 자허마조흐[21], 카튈 망데스[22]와 아르망 실베스트르[23]만 언급해도 될 것이다. 이런 문학이 나온 뒤 풍만함, 성숙한 여성성이 옷으로 표현되었다. 이런 풍만함을 갖지 못한 여성은 파리의 엉덩이(le cul de Paris)라 불리는 스커트 엉덩이 부분을 부풀게 하는 허리받이를 이용해서 거짓으로라도 만들어야만 했다. 이제 이에 대한 반작용이 나타났다. 소녀기를 요구하는 외침이 울려 퍼졌다. 아이와 같은 여성형이 유행했다. 사람들은 미성숙을 갈망했다. 소녀의 마음을 꺾어 문학적으로 활용했다. 페터 알

---

20 성 도덕에 관련한 조항들이다.

21 Leopold von Sacher-Masoch(1836~1895). 오스트리아 작가. 그의 작품 『모피를 입은 비너스』는 마조히즘을 보여 준다.

22 Catulle Mendes(1843~1909). 프랑스의 시인, 극작가

23 Armand Silvestre(1837~1901). 프랑스 작가, 평론가

텐베르크 같은 작가가 그렇게 했다. 배리슨 자매[24]들은 무대 위에서, 남성의 마음속에서 춤을 추었다. 당시 아이와 경쟁하기 위해, 여성의 옷에서 여성스러움은 사라졌다. 여성복은 엉덩이 선이 없는 듯 만들어졌고, 이전에는 여성복의 자랑이었던 풍만한 형태들은 이제 불편하게 느껴진다. 머리 모양과 넓은 소매통 때문에 아이와 같은 인상을 풍긴다. 그러나 이런 시대들도 지나갈 것이다. 바로 지금 이런 범죄에 관한 재판이 정말 놀라울 정도로 증가하고 있다고, 사람들은 내게 이의를 제기할지도 모른다. 하지만 분명 그렇다. 가장 큰 증거는 상류층에서는 그런 복장이 사라져, 이제 하류층으로 옮겨 갔다는 것이다. 왜냐하면 많은 대중에게는 이런 색정적 분위기에서 자신을 구할 방법이 주어지지 않았기 때문이다.

지속적이고 엄청난 행진이 이번 세기를 관통했다. 이미 되어진 것보다 되어 가는 것이 더 강력하게 작용했다. 이 100년 동안에 처음으로 봄은 사람들이 가장 선호하는 계절이 되었다. 이전 시대에 꽃을 그리던 화가들은 절대 꽃봉오리를 그리지 않았다. 프랑스 왕의 궁전에서 직업상의 미인들은 40세가 되어야 전성기에 도달했다. 하지만 오늘날에는 완벽하게 건강을 유지하고 있는(유지라고 나는 주장한다.) 여성이라도, 성장의 전성기 시점은 이십 년 정도 앞당겨진다. 따라서 항상 여성은 청춘의 특징을 가진 모습을 선택한다. 증거로 어떤 여성의 지난 이십 년간의 사진을 나란히 세워 보자. 그러면 여성은 다음과 같이 외칠 것이다. "이십 년 전의 나는 정말 늙어 보였

---

24 덴마크 출신 다섯 자매로 이뤄진 그룹으로, 춤과 노래로 1890년대 미국에서 큰 인기를 얻었다. 이들은 어린 소녀의 복장을 하고 무대에 올랐다.

네!"그리고 당신도 인정할 것이다. 마지막 사진이 제일 어려 보인다고 말이다.

내가 이미 느꼈듯이, 병행해서 유행하고 있는 경향들도 있다. 그 끝을 아직도 전혀 예측할 수 없는 가장 중요한 경향, 또한 영국에서 왔기 때문에 가장 강력한 경향은 세련된 그리스가 고안해 낸 그 경향이다. 즉 플라토닉 러브, 여성은 남성에게 그저 좋은 동료일 뿐이라는 것이다. 이 경향도 행동 양식이나 행동의 관점에서 고려되어, 테일러 메이드 코스튬(tailor made costume), 즉 남성복 제작자가 만든 여성복의 창작으로 이어졌다. 여성의 세련된 혈통을 중시하는 그런 사교계에서, 몇 세대가 지난 이후에도 여전히 시종의 지위를 통해 여성의 혈통이 드러나는 상위 귀족에게서, 지배적인 여성복에서 해방되었다는 사실을 알 수 있다. 그들이 고상함을 따르는 그런 유행을 신봉함으로써 그리 된 것이다. 사람들은 귀족들에게서 유행하는 단순성을 이상하게 여기지 않을 수 없다.

앞서 말한 것에서 다음을 유추할 수 있다. 즉 남성복에서는 최상의 사회적 지위를 차지한 남자가 주도권을 잡고, 여성복에서는 남성의 관능을 깨우기 위해 최고의 예민한 감수성을 발전시켜야만 하는 여성, 즉 고급 창부가 주도권을 잡는다고.

여성복은 외형적으로 남성의 복장과 구분되는데, 장식과 색깔의 효과가 더 우세하고, 길이는 다리를 완벽하게 덮는다. 이 두 가지 특징은 여성이 최근 수세기 동안 발전에서 아주 뒤처졌다는 것을 보여 준다. 그 어떤 문화 시기도 자유로운 남성과 자유로운 여성의 옷에서 우리 시대처럼 그렇게 큰 차이를 나타내지 않았다. 왜냐하면 이전 시대에는 남성도 끝자락이

땅까지 내려오는 옷을 입었고, 색이 다양했으며 장식이 풍성했다. 이번 세기에 우리 문화가 취한 엄청난 발전은 다행스럽게 장식을 극복했다. 여기서 다시 반복하는데, 문화가 낮으면 낮을수록 장식은 더욱 강력해진다. 장식은 극복되어야만 하는 것이다. 파푸아인과 범죄인은 자신의 피부를 장식한다. 아메리카 인디언은 노와 보트를 장식으로 덮어씌운다. 그러나 자전거와 증기선에는 장식이 없다. 진보하고 있는 문화는 사물이 장식당하지 않게 한다. 이는 사물이 그 자체로 있게 하기 위함이다.

지난 시대와 자신의 관계를 강조하고 싶은 남자들은 오늘날에도 여전히 금, 벨벳과 비단으로 된 옷을 입는다. 즉 최고 귀족과 성직자는 이렇게 옷을 입는다. 사람들은 현대적인 성과인 자율을 알려 주고 싶지 않은 남자들에게 금, 벨벳과 비단으로 옷을 입힌다. 즉 하인과 장관에게 그런 옷을 입힌다. 그리고 왕은 특별한 경우에는 흰 담비와 자색 천으로 된 옷을 두른다. 그의 취향에 어울리건 아니건 상관없이 국가의 종복으로서 그런 옷을 입는 것이다. 그리고 군인한테서도 다채로운 색에 금빛 휘황한 제복을 입혀 소속감을 높인다.

복숭아뼈까지 내려오는 긴 복장은 육체노동을 하지 않는 사람들의 공동 표식이다. 육체를 사용해 열심히 노력해야 하는 일이 아직 자유민이나 귀족과는 상관이 없던 때, 주인은 긴 옷을, 하인은 바지를 입었다. 이는 중국에서는 여전해서, 중국 귀족과 쿨리, 즉 육체노동자는 그렇게 옷을 입는다. 그래서 우리에게서 고위 성직자는 그들의 통상복인 수단[25]을 입어 자

25　soutane. 가톨릭 성직자들이 평상복으로 입는 발목까지 내려오는 긴 옷

신의 활동은 돈벌이에 종사하지 않는다는 것을 강조한다. 사회 최상 계층의 남자는 자유로운 직업에 대한 권리를 획득했지만, 축제와 같은 때에는 항상 무릎까지 내려오는 옷, 즉 연미복을 입는다.

상류층의 여성은 아직 순수한 직업 활동을 할 권리가 없다. 여성이 생업의 권리를 획득한 계층에서는 여성도 바지를 입는다. 벨기에의 석탄층에서 일하는 석탄 채굴하는 여인, 알프스 지역의 낙농에 종사하는 여인, 북해의 새우잡이 여인을 떠올린다.

남성도 이전에는 바지를 입을 권리를 위해 투쟁해야 했다. 말 타기, 즉 육체적인 훈련만을 목표로 할 뿐 물질적 획득을 목표로 하지 않는 이 활동이 그 첫 단계였다. 발을 자유롭게 가눌 수 있는 남성 복장의 문화는 13세기에 꽃피었는데, 말 타는 기쁨을 누렸던 기사 제도 덕분이었다. 그들은 16세기, 말 타기가 유행에서 벗어났던 때에도 이 획득물을 빼앗기지 않았다. 여성은 오십 년 전부터야 비로소 신체 훈련을 받을 권리를 얻었다. 남성과 비슷한 과정을 거쳤다. 13세기 말 타는 남자들처럼, 20세기 자전거를 타는 여성에게는 발이 자유로운 복장과 바지가 허용될 것이다. 그리고 이로써 여성의 노동에 대해 사회적 승인을 얻기 위한 첫걸음이 내딛어졌다.

여성의 고귀함은 단 한 가지 갈망을 알고 있다는 데 있다. 즉 크고 강한 남성 옆에서도 확실한 자기 자리를 차지하려는 것이다. 현재 이러한 갈망은 여성이 남성의 사랑을 획득할 때만 충족될 수 있다. 하지만 우리는 새롭고, 보다 더 넓은 시대를 향해 나간다. 더는 남성의 관능에 호소를 통해서가 아니라, 일을 통해 얻은 경제적 자유를 통해 여성은 남성과 동등한 지위를 가져야 한다. 여성의 가치나 무가치는 감각적 욕구가 바뀐다고 떨어지거나 올라가지 않을 것이다. 그러면 벨벳과 비단, 꽃과 리본, 깃털과 색깔은 그 효과를 이루지 못하게 될 것이다. 그것들은 사라질 것이다.

옷

《다스 안더레》, 《쿤스트》 부록(1903. 10. 1.)

어떻게 옷을 입어야 할까?

유행에 맞게.

언제 유행에 맞게 입었다고 할 수 있을까?

가장 눈에 띄지 않게 입었을 때.

나는 눈에 띄지 않는다. 이제 나는 서아프리카 말리의 도시 팀북투로 가거나 크래첸키르헨[26]으로 간다. 그곳에서 사람들은 나를 놀란 눈으로 바라본다. 왜냐하면 이곳에서는 내가 눈에 띄기 때문이다. 아주 많이. 따라서 나는 조건을 달아야만 한다. 서양 문화의 중심에서 눈에 띄지 않을 때, 유행에 맞게 옷을 입었다고 할 수 있는 것이다.

나는 갈색 구두와 자코재킷을 입었다. 그리고 무도회에 간다. 그런데 다시 눈에 띈다. 따라서 다시 조건을 달아야만 한다. 서양 문화의 중심에서, 특정한 경우에, 눈에 띄지 않을 때 유행

---

26 Krätzenkirchen. 작가가 만들어 낸 독일어권 지역 이름

에 맞게 옷을 입은 것이다.

　오후다. 나는 회색 줄무늬의 바지, 프록코트와 실크해트를 썼는데 눈에 띄지 않아 기쁘다. 왜냐하면 나는 런던의 하이드파크를 어슬렁거리며 다니고 있기 때문이다. 어슬렁거리다가 갑자기 런던의 한 지역인 화이트채플에 들어선다. 그러자 갑자기 또 눈에 띈다. 따라서 다시 조건을 달아야만 한다. 서양 문화의 중심에서, 최고의 사회 속에서, 특정한 경우에, 눈에 띄지 않을 때, 유행에 맞게 옷을 입은 것이다.

　우리 모두가 이 조건들을 충족하지 못한다. 왜냐하면 이 조건들을 충족하는 것은 아주 어렵기 때문이다. 영국에서는 모두가 서양 문화를 인정한다. 우리와 발칸 지역 국가들 중에서는 도시 시민들만이 그렇다. 여기서는 제대로 된 것을 찾는 것이 어렵다. 그리고 국가도 우리에게 잘못된 일들을 강요한다. 관리들(나는 우선 유니폼을 입지 않은 관리들에 대해 말한다.)은 놀림을 받지 않고는 길을 걸을 수조차도 없을 정도로 우스꽝스러운 복장을 하고 종일 공식 접견과 방문을 하라는 강요를 받는다. 오전에 입은 연미복은 아주 더울 때조차 외투를 걸쳐 입어 행인의 조롱 어린 눈길을 피해야만 한다.

짧은 머리
《노이에 프라이에 프레세》(1928. 4. 15.)

우리 반대로 질문해 보자. 여성에게 남성의 짧은 머리에 대해 어떻게 생각하는지 물어보자. 그러면 그들은 아마 그것은 그저 남자들 문제라고 대답할 것이다. 취리히의 어떤 병원장은 여성 경비원이 머리를 잘랐다고 해고했다. 여인이 병원장일 경우 이런 이유로 남성 직원을 해고하는 일이 일어났을까? 남성의 머리카락은 길다. 그래서 옛날 게르만족은 긴 머리를 하나로 묶었고, 중세에는 어깨까지 늘어뜨렸으며, 르네상스 시대에 와서야 로마의 풍습을 기억하면서 짧게 잘랐다. 루이 14세 때에는 다시 어깨까지 기르더니, 그런 뒤에는(나는 아직 남성의 머리에 대해 말하는 것이다.) 머리를 땋았고, 프랑스 혁명 도중과 이후에는 다시 길게 늘어뜨려 자연스럽게 어깨까지 곱슬머리가 흘러내리게 두었다. 나폴레옹의 머리카락은 로마 황제 시저처럼 짧았다. 오늘날 우리는 이를 봅 스타일[27]이라고 부를 수도 있다. 또한 여성도 머리를 자르고는(그래,

---

27   독일어로는 Bubikopf. 1920년대 유행했던 여성의 아주 짧은 단발머리

그러지 못할 이유가 없다.) 티투스 헤어스타일[28]이라 불렸다. 하지만 왜 긴 머리는 여성적이고 짧은 머리는 남성적이라고 해야만 하는가.(아마 남성들 틈에 있는 나이 든 여성들은 이런 문제에 대해 생각하느라 빈 머리가 깨질 것 같을 거다. 긴 머리는 쾌감을 일으키고, 여성은 오직 이런 에로틱한 긴장을 만들기 위해서만 존재하기 때문에, 여성들은 머리를 길게 길러야만 한다며 여성들에게 규정해 주려고 말이다.) 이건 정말 무례하다! 어떤 여성도 자신의 에로틱한 내적 비밀을 도덕적 요구라며 찬양하려는 뻔뻔함을 보이지 않을 것이다. 중국인들은 여성은 바지를 입고 남성은 치마를 입는다. 서양에서는 반대다. 그러므로 이런 부수적인 일을 신의 세계 질서, 자연, 도덕과 연결하는 것은 웃기는 일이다. 일하는 여성은 바지나 짧은 치마를 입는다. 예를 들면 우리의 농부 여인이나 낙농가 여인들이 그렇다. 특별한 일이 없는 여성들이나 쉽게 옷자락을 질질 끌며 다닐 수 있다. 그러므로 여성에게 규정을 만들어 주려는 남성은 결과적으로 자신이 여성을 성적 대상으로 생각한다고 말하는 셈이다. 그는 자기 옷에나 신경 쓰는 게 좋을 것이다. 여성은 이미 너끈하게 본인의 일을 처리해 낸다.

---

28 1795~1835년에 유행했던 남성 헤어스타일로, 가르마를 없애고 짧은 곱슬머리를 사방으로 빗어 넘겼다. 1795년 볼테르의 연극 「브루투스」에서 티투스 황제 역을 맡은 배우가 처음 이 머리를 했다. 남성 헤어스타일이었으나 여성들 사이에도 유행했다. 프랑스어는 Cheveux la Titus.

인테리어: 서곡
《노이에 프라이에 프레세》(1898. 6. 5.)

은 궁전의 좌우에 가구 제작자들이 자신들의 작품을 세워 놓았다. 칸막이가 있는 진열실들이 만들어졌고, 이 안에는 모델이 되는 방이 설치되었다. 벌써 몇 년 전부터 모든 전시회에 이런 일들이 벌어지고 있다. 이런 식으로 관객에게 말하는 것이다. 너는 이렇게 살아야 해!

불쌍한 관객들! 그들은 자기 집을 마음대로 꾸며서는 안 된다. 말도 안 되는 소리다. 관객은 어찌 해야 할지 모른다. 훌륭한 양식의 집, 우리 세기의 이 결과물은 특별한 지식과 능력을 요구한다.

늘 그랬던 것은 아니다. 우리 세기 초반까지는 이런 걱정을 할 필요가 없었다. 사람들은 가구 제작자에게서는 가구를 샀고, 벽지 만드는 사람들한테는 벽지를, 청동 제작자한테는 등잔대를 샀으며, 다른 것도 이런 식이었다. 그런데 그게 조화롭지 않았단 말인가? 어쩌면 그럴 수도. 그러나 위에 언급한 사람들한테 전혀 좌지우지되지 않았다. 당시 사람들은 오늘날 우리가 옷을 입듯이 그렇게 가구를 설비했다. 우리는 구두장이에게서는 구두를, 양재사에게서는 상의를, 바지와 조끼를, 셔츠 만드는 사람에게서는 옷깃과 커프스를, 모자 만드는 사람에서는 모자를, 선반을 깎는 사람에게서는 지팡이를 샀고, 이들 누구도 다른 사람을 몰랐지만 모든 물건들은 잘 어우러졌다. 왜 그럴까? 왜냐하면 모두 1898년의 스타일로 작업됐기 때문이다. 이런 식으로 이전 시대의 인테리어 장인들은 모든 것을 각각 다수가 좋아하는 공통의 스타일, 즉 유행하는 스타일로 만들었다.

그런데 갑자기 현대적 스타일이 평판을 잃었다. 여기서 이유를 논의하는 것은 너무 멀리 가는 일이다. 여기서는 사람들이 자기 시대에 만족하지 못했다는 말로 충분하다. 유행 따르기, 유행을 느끼고 생각하기 등은 표면적인 것으로 여겨졌다. 그러나 심오한 생각을 가진 사람은 다른 시대에 몰두했고, 그리스인 혹은 중세 상징주의자 혹은 르네상스인으로서 행복을 느꼈다.

이러한 잡동사니는 성실한 수공업자로서는 감당하기 힘들었다. 이런 흐름에 동참할 수 없었다. 그는 자신의 많은 옷들을 어떻게 장롱에 보관해야 할지 잘 알았고, 자신의 이웃들이 어떻게 휴식을 취하는지 잘 알았다. 하지만 이제 고객을 위해 고객 각자의 정신적 신조에 따라 그리스 양식, 로마 양식, 고딕 양식, 무어 양식, 이탈리아 양식, 독일 양식, 바로크 양식, 고전주의 양식의 장롱과 의자를 만들어야만 했다. 더 많은 것을 만들어야 했다. 이 방은 이러한 양식으로, 저 방은 다른 양식으로 설비되어야 했다. 이미 언급했듯, 그는 이런 일에 절대 동참할 수는 없었다.

그래서 그는 후견을 받게 되었다. 그리고 오늘날에도 여전히 그런 후견 아래 있다. 우선 학식 있는 고고학자가 제멋대로 후견인인 척했다. 그러나 오래는 아니었다. 장식공[29], 그는 그리 큰 피해를 입지 않았다. 왜냐하면 이전 세기에 그는 가장 일을 적게 했고, 따라서 옛날의 모범을 모방하는 훌륭한 태도를 취할 수 없었기 때문이다. 그래서 그는 자신의 장점을 곧 알아내어 수많은 새로운 형태를 시장에 내놓았다. 완벽하게 천으로 겉을 감싸, 가구공이 만든 나무 제품으로 생각할 수 없는 가구들도 있었다. 사람들은 이런 물건에 열광했다. 대중은 고고학에 서서히 질렸고, 자신의 시대에 어울리는 가구, 유행하는 가구를 집에 들여 놓음으로써 행복해했다. 장식공은 자신의 장점을 곧 인식했다. 예전에는 부지런히 바늘을 움직이고 매트리스의 솜을 채워 넣었던 이 평범한 남자는 이제 머리를 길게 기르고, 벨벳 재킷을 입고는 휠휠 날리는 넥타이를 매고 예술가가 되었다. 자기 가게의 간판에서 '장식공'이라는 단어를 지워 버리고, 그 자리에 '실내 장식가'라고 써넣었다. 자신이 그런 예술가가 된 것 같기도 했다.

　그렇게 이제 실내 장식가의 지배, 지금 우리의 사지를 지배하는 공포 정치가 시작되었다. 벨벳과 비단, 비단과 벨벳과 마카르트[30]의 꽃다발, 먼지와 공기와 빛의 부족, 현관 커튼과 러그와 예술적 배열들…… 다행히 이제 이런 것들은 다 지나갔다.

　가구공은 새로운 후견자를 얻었다. 건축가였다. 건축가는

29　Tapezier는 도배공이나 실내 장식가(장식공)로 번역되는데, 도배뿐만 아니라 휘장을 치거나 소파의 솜을 채워 넣는 일도 한다.

30　Han Makart(1840~1884). 오스트리아 화가, 장식 예술가. 1900년대 연극, 패션, 실내 장식, 꽃다발 디자인에 이르기까지 여러 영역에 영향을 주었다.

관련 전문 서적을 어떻게 대해야 하는지 알았고, 따라서 자기 전공 분야에 들어온 주문 일체를 어떤 양식으로든 완성할 수 있다. 독자 여러분은 바로크 양식의 침실을 원하는가? 건축가가 여러분에게 바로크 양식의 침실을 만들어 줄 것이다. 중국식 타구, 그러니까 침 뱉는 그릇을 원하는가? 건축가가 중국식 타구를 만들어 줄 것이다. 그는 모든 것, 모든 것을 모든 예술 양식으로 만들 수 있다. 그는 모든 시대, 모든 민족의 모든 일용품을 생산할 수 있다. 엄청난 그의 생산성의 비결은 투사지에 있다. 출판업자에게 조금 큰 개인 도서실을 빌려 쓰지 않는 한, 건축가는 주문을 받은 뒤 투사지를 들고 공예학교 도서관으로 간다. 오후 내내 제도판에 버티고 앉아 바로크식 침실이나 중국식 타구를 베껴 그린다.

그러나 건축가가 만든 방들에는 부족한 것이 있다. 방들이 충분히 쾌적하지 않은 것이다. 삭막하고 춥다. 이전에는 직물들만 있었다면, 지금은 쇠시리[31]와 기둥, 돌림띠만 있다. 이때 다시 실내 장식가가 불려 온다. 그는 문과 창문들에 1미터마다 쾌적함을 걸어 준다. 하지만 세탁을 하려고 속 커튼과 현관 커튼을 떼어 버리면 방의 꼴은 얼마나 처참해지는지. 그러면 아무도 이 방에 머물 수가 없으며, 쾌적함과 아늑함을 털어 내는 그때에 손님이 온다면 이 집의 주부는 영혼 가장 깊은 바닥에서부터 창피함을 느낀다. 이것은 더욱더 이상하다. 왜냐하면 이 방들 대부분은 르네상스를 복제했는데, 르네상스는 이런 미봉책을 알지 못했기 때문이다. 그러나 르네상스의 공간들이 쾌적하다는 것은 아주 잘 알려진 사실이다.

---

31 나무의 모서리나 표면을 도드라지거나 오목하게 깎아 모양을 낸 것

우리나라에서는 현재에도 여전히 건축가가 지배하고 있고, 화가와 조각가가 막 건축가의 유산을 떠맡으려 하고 있다는 것을 볼 수 있다. 이들이 더 잘할까? 그렇게 생각하지 않는다. 가구공은 후견인을 견뎌 내지 못한다. 그러나 정말 부당한 요구를 하는 후견인을 폐지한다면 그때는 최고의 시대가 열릴 것이다. 물론 가구공에게 불가능한 것을 요구해서는 안 된다. 우리의 가구공은 독일어를, 1898년 빈에서 사용되는 독일어를 할 수 있다. 그가 동시에 중세 고지 독일어, 프랑스어, 러시아어, 중국어, 그리스어를 못해도 멍청하거나 서투르다고 욕하지 마라. 당연히 그는 이런 언어를 구사하지 못한다. 게다가 모국어도 약간 서투르다. 그가 억지로 들어야 했던 모든 말투를 앵무새처럼 되풀이하도록 지난 오십 년 동안 강요당했기 때문이다. 따라서 그에게 자기 언어를 완벽히 구사하라고 요구하지 마라. 그가 자기 언어를 다시 천천히 습득할 시간을 주어라.

이런 말로는 가구공도 대중도 도와줄 수 없다는 것을 나는 잘 안다. 가구공은 수십 년간의 후견을 받아서, 감히 자신의 아이디어를 갖고 나타날 용기가 없을 만큼 위축되었다. 대중도 마찬가지다. 오스트리아 박물관장인 추밀 고문관 폰 스칼라[32]는 실질적으로 도움을 주면서 영향력을 행사했다. 그는 영국의 가구를 복제시켰고, 이 가구를 통해 대중도 가구공이 느끼고, 고안하여 직접 만든 가구를 산다는 것을 증명했다. 이런 가구는 쇠시리도 기둥도 없으며, 오직 편안함과 견고한

---

32 Arthur von Scala(1845~1909). 1897년부터 오스트리아 예술 및 산업 박물관 관장을 지냈다.

소재, 정확한 작업을 통해 효과를 발휘했다. 빈의 담배 케이스는 가구공이 만드는 것으로 바뀌었다. 당시 많은 장인들은 다음과 같이 생각했을 것이다. 저런 의자는 사실 나도 만들 수 있어, 저 일이라면 내게는 건축가는 필요 없어. 그런 크리스마스 전시회가 몇 차례 더 있고, 우리에게는 다른 세대의 가구공이 있다. 대중은 이미 그곳에 있고, 그곳에 올 물건들을 기다리고 있다.

그렇다, 대중은 기다리고 있다. 내가 받은 많은 편지들, 최신 유행에 맞게 일할 수 있는 수공업자들을 알려 달라는 부탁을 담은 그런 편지들이 이를 증명한다.

폰 스칼라 추밀 고문관께서 발전을 위해 확정된 길이라며 제시했던 몇몇 가구 회사의 주소를 알려 주시면 감사하겠습니다. 저는 살롱에 가구를 설비할 생각입니다만, 제가 문을 두드린 회사는 언제나 루이 15세, 루이 16, 엠파이어 시대[33]풍을 권유할 뿐입니다.

이렇게 시골에서 온 편지는 내게 불평을 늘어놓는다. 생각해 볼 문제이다.

최근 빈의 공예업자들은 중소기업협회의 회의장에서 자신들의 위기에 대해 하소연했다. 폰 스칼라 추밀 고문관이 이 모든 것에 책임이 있다고 했다. "보세요, 건축가 선생." 회의가 끝난 뒤 어떤 공예업자가 내게 불평했다. "보세요, 우리는 정말 형편이 안 좋습니다. 우리의 좋은 시절은 다 지나갔어

---

33 엠파이어 시대 혹은 제국 시대, 1804~1814년까지에 해당하는 프랑스 제2제정을 말한다.

요. 이십 년 전에, 그래요, 그때는 뤼스터바이프헨[34]을 100굴덴에 팔았어요. 근데 지금 똑같은 것에 얼마 받는지 아십니까?" 그는 정말 형편없는 액수를 말했다. 그 남자가 가여웠다. 그는 평생 루스터바이프헨을 만들어야만 한다는 망상에 사로잡힌 것 같았다. 그를 그런 망상에서 떼어낼 수 있다면 좋을 것이다. 왜냐하면 사람들은 이제 루스터바이프헨을 원하지 않기 때문이다. 그들은 새로운 것, 새로운 것, 새로운 것을 원한다. 이는 우리 공예인들에게 진정한 행운이다. 대중의 취향은 늘 변한다. 최신 유행 물품은 최고의 가격을, 구닥다리 물품은 최하의 가격을 이룰 것이다. 그러니 빈의 공예가들이여, 그대들은 선택권이 있다. 그대들 중 구닥다리 가구로 가득한 창고를 갖고 있으면서 현대적 경향에 겁을 먹고 맞서는 사람들은 이런 경향에 저항할 권리가 없다. 그러나 이들은 적어도 오스트리아 박물관 같은, 모든 공예가들의 관심을 지켜야만 하는 국가 기관의 장에게 자신들의 가구 창고의 매각을 쉽게 만들 방향을 제시해 달라고 요구할 수는 있다. 그런 대규모의 위험을 감수한 금전 거래에는 어떤 국가 공무원도 개입할 수 없다. 불친절하게 보일 위험도 있기 때문이다.

오늘 나는 빈의 가구공이 로툰데에서 그들 제작품 전시를 위해 선택했던 규격에 대해서만 말하고자 한다. 가구협회는 아주 평범한 규격을 선택했고, 남부 오스트리아 직업협회의 공예 분야는 탁월한 규격을 선택했다. 후자가 더 많은 돈을 들였다며 나를 비난하지 않길 바란다. 이 분야의 건축가는 돌에 새긴 로마 대문자를 나무판에 옮기는 일을 절대 마칠 수 없었

---

34 Lüsterweibchen. 여성의 상반신 조각이 장식된 샹들리에

을 것이다. 칠장이의 기술을 통해 아주 멋진 효과가 그것에 덧입혀졌다. 제2의 능력을 위한 모조! 그런데 빈 사람들은 유감스럽게도 단순한 유사품을 인정하지 않을 만큼 충분히 행복하다. 빈의 공예조합은 건축가 플레츠니크[35]에게 탁월한 능력을 보일 기회를 제공했다. 현대적으로 생각하는 모든 사람은 이 조합에게 감사의 빚을 지고 있다. 플레츠니크는 자신의 과제를 특이한 방식으로 처리했다. 고귀함의 숨결이 이 전시회를 스쳐 지나가지만, 유감스럽게도 제작된 모든 대상에 이런 고귀함의 숨결을 불어넣을 수는 없었다. 게다가 이 대상들의 가치는 지나칠 정도로 편차가 크다. 각 벽감에는 초록색 벨벳으로 테를 둘렀고, 벨벳 위에는 판지를 오려 내어 빛나는 연두색 비단을 덧붙인 장식을 대었다. 장식은 은빛 원반과 은빛 글자 때문에 유난히 두드러진다. 그 위에 광택 없는 보라색 장식이 달린 흰색 커튼이 걸렸는데, 빈에서는 처음으로 커튼 치장의 문제를 만족스럽게 해결했다. 풍성한 레이스 가장자리(레이스 장식가는 그들에게 꼭 어울리는 감각으로 건축가 플레츠니크가 조명 문제를 해결한 데 대해 감사할 것이다.)에 전등을 숨겨, 매력적이고 기묘한 효과를 주었다. 거기에 빨간 양탄자. 우리는 그저 대중이 어떤 마음으로 이런 방들을 지나가는지 관찰할 뿐이다. 그들은 심지어 문 앞에 놓는 신발털이까지도 열심히 사용한다.

앞에서 언급한 관찰들이 로툰데에서 어떻게 실현되었는

---

35 Joze Plečnik(1872∼1959). 슬로베니아 건축가. 오스트리아 건축가 오토 바그너의 제자로서 빈에 여러 건물을 세웠고, 훗날 자신의 고향에서 가장 중요한 현대 건축가가 되었다.

지는 개별 실내 장식들에 대해 논하면서 이야기할 기회가 있을 것이다.

로툰데의 인테리어
《노이에 프라이에 프레세》(1898. 6. 12.)

최근 글에서 나는 정말 비정통적인 주장을 했다. 고고학자도, 장식가, 건축가, 화가, 조각가도 우리의 집을 꾸며서는 안 된다고 말이다. 그래, 그럼 대체 누가 그것을 해야 한단 말이냐고? 아주 간단하다. 우리 각자가 자기 집의 장식가가 되면 된다.

물론 그렇게 하면 우리는 '우아한 양식'의 집에서 살 수는 없을 것이다. 하지만 이 '양식', 따옴표로 강조한 이 양식은 전혀 필요 없다. 대체 이 양식이 뭐란 말인가? 이것을 정의하기는 어렵다. 내 생각에 모든 성실한 주부는 우아한 양식이 뭔지 물을 것이고, 최고의 대답은 다음과 같다. '협탁' 위에 사자 머리가 달려 있고, 이 사자의 머리가 소파, 장롱, 침대, 안락의자, 세면대, 한마디로 방에 있는 모든 대상에 똑같이 장식되어 있으면, 이 방은 우아하다고 할 수 있다. 가슴에 손을 얹고 생각해 보십시오, 장인 여러분, 귀하들은 솔직히 그런 무의미한 생각을 국민에게 전달하는 데 기여하지 않으셨습니까? 문제가 되는 것은 사자 머리뿐만이 아니다. 기둥, 둥근 손잡이, 난간도 항상 모든 가구에 억지로 짜 맞추어져, 때로는 길어지고 때로는 짧아지고, 어떤 때는 두꺼워졌다가 어떤 때는 얇아졌다.

그런 방은 가여운 방 주인에게 폭군처럼 군다. 이 불행한 자에게 저주를! 그가 감히 직접 뭔가를 사들이려는 용기를 낸다면 말이다. 왜냐하면 이런 가구들은 옆에 다른 가구가 있는 것을 못 견디기 때문이다. 선물을 받아도 절대 그것을 놓을 수가 없다. 집을 바꾸었는데 이 새집의 방들이 이전과 똑같은 크기가 아니라면, 우아한 양식은 이미 물 건너갔다. 그렇게 되면 아마 옛 독일식 장식용 안락의자는 푸른색 로코코 살롱에 놓아야 하고, 바로크 양식 장롱은 엠파이어 양식의 회의실에 갖다 놓아야 할 것이다. 끔찍하다!

이와는 달리 어리석은 농부나 가난한 노동자 혹은 독신 여성은 얼마나 편안한가. 그들은 이런 걱정이 없다. 그들은 방을 양식 있게 꾸미지 않았다. 하나는 거기서 왔고, 다른 것은 저쪽에서 왔다. 모든 게 뒤죽박죽이다. 그런데 이게 뭔가? 사람들이 미적 감각이 많다고 생각하는 그 화가들은 우리의 화려한 집은 제쳐 두고 늘 어리석은 농부, 가난한 노동자와 독신 여성의 집 내부를 그리지 않는가. 어떻게 그런 것을 아름답다고 생각할 수 있을까? 왜냐하면 배웠던 대로, 우아한 집만 아름답기 때문이다.

그러나 화가들이 옳았다. 연습되고 훈련된 눈 덕분에 삶의 모든 외적인 것에 대해 다른 사람들보다 훨씬 날카로운 눈을 가진 그들은 우리의 우아한 집의 헛됨, 교만, 낯섦, 부조화를 항상 알고 있었다. 인간들은 이런 방들에 어울리지 않고, 방들은 이런 인간들에 어울리지 않는다. 그들이 어찌해야 한단 말인가? 건축가, 장식가는 일을 맡긴 사람의 이름만 알 뿐이다. 그리고 이 집에 사는 사람이 이 방들을 수백 번이나 돈을 주고 산다고 해도, 이 방들은 여전히 그의 것이 아니다. 이 방들은 항상 이 방을 생각해 낸 사람의 정신적 소유물이다. 따라서 방들은 화가들에게 영향을 줄 수 없었다. 이 방들에는 어리석은 농부, 가난한 노동자, 독신 여성의 방에서 발견되는 어떤 것이 부족했다. 즉 친숙함이 부족했다.

다행히 나는 우아한 집에서 자라지 않았다. 당시에는 그런 것을 알지 못했다. 하지만 지금은 우리 집도 달라졌다. 하지만 당시에는! 여기에 그 탁자, 완전히 정신없고 뒤죽박죽인 가구, 끔찍한 금속물이 달린 잡아 빼는 탁자가 있다. 하지만 우리 탁자, 우리 탁자였다! 그대들은 아는가, 이것이 무슨 뜻인지? 그대들은 아는가, 우리가 얼마나 멋진 시간을 여기서 보냈는지? 등잔이 타오르면! 어린아이였을 때 저녁이면 나는 정말 이 탁자를 떠날 수가 없었다. 그러면 아버지는 항상 야경꾼의 나팔 소리를 흉내 내었고, 나는 놀라서 어린이 방으로 뛰어갔다! 그리고 그곳에 있던 탁자! 그리고 그 위에는 잉크 얼룩이 있었다. 누이 헤르미네가 아주 어린 아기였을 때 잉크를 쏟았다. 그리고 거기 부모님의 사진들! 꼴사나운 사진틀! 하지만 아버지 작업장에서 일하는 사람들이 준 결혼 선물이었다. 그리고 여기 구닥다리 안락의자! 할머니 살림 중에서 남은 유물이었다. 그리고 여기 수놓인 슬리퍼. 그 안에 시계를 걸어 놓을 수 있다. 누이인 이르마가 유치원에서 만든 것이다. 모든 가구, 모든 물건, 모든 사물이 이야기를, 가족의 이야기를 해 준다. 이 집은 절대 완성되지 않았다. 그 집은 우리와 함께 발전했고 우리는 집 안에서 발전했다. 확실히 집 안에는 어떤 양식도 없었다. 이 말은 낯선 양식, 오래된 양식은 없었다는 말이다. 그럼에도 이 집은 하나의 양식을 갖고 있었다, 거주자의 양식, 가족의 양식을 말이다.

시대가 우아한 양식을 점점 더 강제적으로 요구하자(모든 지인들은 이미 옛 독일식으로 집 안을 꾸몄다. 그리고 이때 사람들은 뒤처져 있을 수는 없었을 게다.) 당시 사람들은 오래된 잡동사니들은 밖으로 내던졌다. 모든 다른 사람들에게는 잡동사니, 그러나 가족에게는 성스러운 물건인 것들을. 남은 것은 실내 장식가의 몫이다.

하지만 이제 우리는 그런 것에 질렸다. 우리는 다시 우리 소유의 네 벽 안에서 주인이 되려 한다. 우리가 미적 감각이 없다고, 좋다, 그럼 우리는 그렇게 미적 감각 없이 집 안을 꾸밀 것이다. 우리가 미적 감각이 있다면 더 좋다. 우리는 이제 더는 우리 방이 우리에게 폭군처럼 굴지 못하게 할 것이다. 우리는 모든 것을 구입할 것이다, 모든 것을, 하나씩하나씩 필요한 대로, 마음에 드는 대로.

우리 마음에 드는 대로! 그렇다, 그때 우리는 그렇게 오랫동안 구석구석 뒤지며 찾았던 그 양식, 우리가 언제나 집안으로 끌어들이려고 했던 그 양식을 얻을 것이다. 똑같은 사자 머리에 좌우되지 않으며, 미적 감각에 따라, 내 입장에서 본다면 한 인간, 한 가족의 몰취미에 좌우되며, 그에 따라 형상화된 양식을 말이다. 똑같은 공통의 끈, 공간 속의 모든 가구를 서로 엮는 그 끈은 가구 소유자가 선택하는 것이다. 그 소유자가 특히 색상 선택에 있어 뭔가 급격하게 앞서 간다고 해도, 여전히 나쁠 것은 없다. 가족과 함께 성장한 집은 뭔가를 견뎌 낼 수 있다. '우아한' 방에는 그것에 속하지 않는 단 하나의 장식품만을 넣어도 방 전체가 망가진다. 그러나 가족의 공간에서 그 장식품은 곧바로 완벽하게 조화될 것이다. 그런 방은 바이올린과 같지 않은가. 바이올린은 연주가 가능하고, 그런 방은 거주가 가능하다.

거주용이 아닌 모든 방들은 당연히 이런 생각들과는 상관이 없다. 나는 욕실과 화장실은 배관공에게, 부엌은 적합한 전문가에게 맡길 것이다. 손님맞이, 잔치, 특별한 기회를 위해 사용하는 방, 그런 방들은 완전히 그 분야의 전문가에게 맡길 것이다. 이럴 때 사람들은 건축가, 화가 혹은 조각가와 실내장식가를 부른다. 모두는 득을 얻을 수 있는 그런 건축가를 찾을 것이다. 왜냐하면 생산자와 소비자 사이에는 정신적 유대가 존재하기 때문이다. 하지만 이 유대는 거주를 위한 공간에 충분하지는 않다.

늘 그랬다. 왕도 그 자신과 함께, 그 자신이 있음으로써 완성된 방에서 살았다. 그러나 자신의 손님들은 궁전 건축가가 만든 방들에서 맞이했다. 정직한 신하들이 금으로 장식된 방들을 지나 안내될 때면, 가슴 깊은 곳에서 한숨이 새어 나왔을 것이다. "아, 좋구나! 나도 이렇게 멋지게 살 수 있다면!" 정직한 신하는 왕을 흰 담비 모피의 보랏빛 외투를 입고 손에는 홀을 들고 머리에는 관을 쓰고 어슬렁거리는 사람으로만 생각한다. 정직한 신하들이 부자가 되자마자 곧바로, 그들이 잘못 생각한 이런 왕의 방들을 마련하는 것은 별로 놀라운 일이 아니다. 내가 아직까지 보랏빛 외투를 입고 이리저리 돌아다니는 사람을 못 본 것이 훨씬 놀랍다.

놀랍게도 우리는 차츰 왕이 소박하게 산다는 사실을 알게 되었고, 이때 갑작스러운 퇴각이 일어났다. 소박함이 가장 중해졌고, 그것은 연회장에서도 마찬가지였다. 우리가 막 퇴각하려고 할 때, 다른 나라에서는 다시 전진하려고 했다. 우리의 장인들이 정말 기꺼이 믿고 있듯이, 우리는 이 퇴각을 면할 수가 없다. 취향과 변화에 대한 흥미는 항상 연관되어 있다. 오늘 우리는 좁은 바지를 입고, 내일은 넓은 바지를, 모레는 다시 좁은 바지를 입는다. 옷 만드는 사람은 모두 알고 있다. 그렇다, 따라서 우리는 넓은 바지의 시기를 면할 수도 있을 것이다. 아, 아니다! 좁은 바지가 다시 마음에 들려면 넓은 바지가 필요하다. 또한 우리는 화려한 연회장을 다시 준비하기 위해 소박한 연회장이 유행하는 시기를 필요로 한다. 우리의 장인들이 소박함을 빨리 극복하려면, 단 한 가지 방법이 있다. 즉 소박함을 승낙하는 거다.

그러나 현재 우리나라에서 소박함은 이제야 시작되었다. 로툰데의 아주 경탄스러운 방 역시 가장 단순한 방이라는 사실에서 이를 가장 잘 알 수 있다. 욕실이 딸린 침실이 바로 그 방이다. 궁중 실내 장식가 셴첼이 그 방을 만들었는데, 이 방을 구상한 바로 그 사람을 위한 방이다. 내 생각에는, 어쩌면 이 점이 관객들에게 가장 강력하고 놀라운 매력을 주었을 것이다. 그것이 개별적인 것과 사적인 것의 모든 매력을 발산했을 것이다. 다른 그 누구도 그 방에서 살 수 없으며, 다른 그 누구도 그렇게 완벽하고 온전히 그 방을 자신의 개성으로 채울 수 없으며, 완전히 자신의 것으로 만들 수 없을 것이다, 그 방의 소유자인 오토 바그너[36]만큼.

---

36 Otto Wagner(1841~1918). 오스트리아 건축가. 아돌프 로스는 바그너와 평생 심한 견해 차이를 보였지만, 그를 아주 높이 평가했다.

추밀 고문관 엑스너[37]는 파리 만국박람회를 위해 이 방을 구입했다. 그곳에서 이 방은 다음과 같은 용도로 사용될 것이다. 즉 파리 사람들이 빈 사람들이 어떻게 자고 어떻게 목욕하는지 경건한 착각을 하게 만드는 데 말이다. 하지만 우리끼리는 우리의 방들이 아직은 이 방과 상당히 다르다고 고백할지도 모른다. 하지만 이 방은 우리의 거주지에 상당한 변화를 불러일으킬 게다. 왜냐하면 이미 전에 내가 강조했듯이, 사람들이 이 방을 마음에 들어 하기 때문이다. 이런 점에서 오스트리아 박물관은 크리스마스 전시회를 통해 운 좋게 사전 작업을 했다. 이제 빈 사람들은 놋쇠 침대조차도 멋지게 바라보는구나 하고 사람들은 생각할 것이다. 화려한 침대가 아니라 우리가 상상할 수 있는 가장 단순한 침대 앞에서 말이다. 이때 실내 장식가는 이제까지 했었고 또 했었을지도 모르는 일인, 침대의 놋쇠 기둥들을 천으로 가리려는 시도도 하지 않았다. 놋쇠 침대들은 항상 장막을 둘러야만 했다. 매끈하고 초록색으로 칠해졌으며 반들반들 윤을 내었고, 부분적으로 값비싼 조각이 새겨진 판자가 방을 감싸고 있다. 등받이가 없고 쿠션을 넣은 터키풍의 긴 안락의자에는 백곰 가죽이 깔려 있고, 침대 옆에 두는 놋쇠로 된 두 개의 서랍장, 두 개의 옷장, 두 개의 찬장, 두 개의 팔걸이의자가 딸린 탁자, 몇몇 안락의자가 방을 채운다. 벽 아래를 빙 돌아 장식한 돌림 판자 위는 벽지나 판자로 바른 대신 사실적인 벚꽃가지 자수로 장식되어 있다. 마찬가지로 침대 위도 캐노피로 장식되어 있다. 하얀 회반죽을

---

37 Wilhelm Exner(1840~1931). 오스트리아 기술자, 산림학자. 오스트리아 수공업을 적극 후원했으며 오스트리아 장인협회 명예 회장을 지내기도 했다.

칠한 천장은 원형으로, 비단 끈에 매달려 있는 백열등과 그에 어울리게 석고로 만든 광선이 장식되어 있다. 초록의 나무, 노란 놋쇠, 흰 모피와 붉은 벚꽃을 통해 두드러지는 색채의 효과는 뛰어났다. 이 방의 안락의자에 대해서는 나중에 말하겠다. 양탄자가 잘못되었다는 말은 오늘 이미 들었다고 한다. 전에 이리저리 밟고 지나다녔던 장미밭이 그려진 양탄자를 우리는 얕보고 완전히 아무렇게나 처리했다. 양탄자가 드러난 나무뿌리에 걸려 비틀거릴 수도 있다는 착각을 불러일으키는 게 더 그럴듯하겠다고 생각하지는 않는다. 벚꽃나무가 방바닥 전체에 뿌리를 뻗고 있기 때문이다.

욕실도 보석과 같다. 벽, 바닥, 터키식 시트, 쿠션은 우리 목욕 가운을 만드는 부드러운 직물로 되어 있다. 직물에는 고상한 보라색 무늬가 있고, 흰색, 보라색, 니켈 도금된 가구의 은색은 욕실 용품과 색채의 조화를 말해 준다. 욕조는 니켈로 조립한 거울 유리로 되어 있다. 세면대 위의 각면 처리된 거울들까지도 바그너의 도안에 따라 만들어졌다. 매력적인 화장실 도구 일체는 말할 것도 없다.

하나의 건물이 그 안에서 사용되는 석탄 뜨는 삽까지 건축가의 손으로 만들어졌기 때문에, 뭔가 특별한 장점이 있다고 생각하는 모든 경향에 나는 반대한다. 이를 통해 건물이 아주 지루한 외관을 띠게 된다고 생각한다. 이러면서 모든 개성이 사라진다. 하지만 오토 바그너의 천재성에 대해서는 저항할 수가 없다. 오토 바그너에게는 내가 지금까지 소수의 영국과 미국의 건축가들에게서만 발견했던 그런 특성이 있다. 그는 자신의 건축가적인 특성을 감추고, 장인의 눈으로 사물을 바라보았다. 물컵을 만들 때면, 그는 불에 놓인 유리 덩어리를 불고 그것을 깎는 장인처럼 생각했다. 놋쇠 침대를 만들자면, 놋쇠 장인처럼 생각하고 느꼈다. 모든 다른 것들, 위대하고 건축가적인 그의 모든 지식과 능력을 그는 버렸다. 단 한 가지만을 도처에 지니고 다녔다. 즉 그의 예술가적 재능만을.

앉는 가구
《노이에 프라이에 프레세》(1898. 6. 19.)

오토 바그너의 방(중소기업협회의 예술 분야에 전시되어 있는 현대적인 침실과 욕실)은 아름답다. 건축가에 의해 만들어졌기 때문에 아름다운 것이 아니라, 건축가에 의해 만들어졌음에도 아름답다. 이 건축가는 자기 자신을 위한 장식가였다. 다른 사람을 위해서는 이 방은 제대로 된 방이 아니다. 왜냐하면 이 방은 다른 사람의 개성에 맞지 않기 때문이다. 따라서 이 방은 불완전하고, 따라서 아름다움을 논할 수도 없다. 이것은 모순이다.

우리는 아름다움이란 최고의 완벽함이라 생각한다. 따라서 비실용적인 것이 아름다울 수 있다고는 아예 생각도 못 한다. 어떤 사물에 대해 '아름답다'는 표현을 쓰려면, 우선 이 사물이 합목적성에 어긋나지 않아야 하는 것이 그 전제다. 그저 실용적이기만 한 사물은 아직 아름답지 않다. 아름다움에는 더 많은 것이 속해 있다. 옛날 칭퀘첸토[38] 사람들이 가장 적확

---

38 Cinquecento. 16세기 혹은 16세기의 이탈리아 예술

하게 표현했다. 그들의 말에 따르면, 어떤 사물이 너무나 완벽해서, 그것에 손해를 끼치지 않고는 어떤 것을 빼지도 더할 수도 없을 때 그 사물은 아름답다. 이는 최고로 완벽하며 완결된 조화다.

아름다운 남자란? 그것은 가장 완벽한 남자로서, 그의 신체와 정신적 특성을 통해 건강한 후손과 한 가족의 부양과 생계를 최고로 보증할 수 있는 남자를 말한다. 아름다운 여자란? 그것은 완벽한 여자다. 그녀의 가치는 남자의 사랑에 불을 붙이고, 아이들에게 젖을 먹이고, 훌륭한 교육을 시키는 것이다. 그녀는 가장 아름다운 눈, 실용적이면서 날카로운 눈을 가졌고, 근시안이나 멍청한 눈을 갖지 않았으며, 가장 아름다운 이마를 가졌고, 가장 아름다운 머리카락, 가장 아름다운 코를 가졌다. 숨을 잘 쉴 수 있는 코를. 그녀는 가장 아름다운 입을 가졌고, 가장 아름다운 치아를 가졌다. 음식을 아주 잘게 잘 부술 수 있는 이를. 자연에 쓸데없는 것은 없으며, 실용 가치의 등급, 다른 부분과의 조화와 연결된 그런 등급을 우리는 순수한 아름다움이라 부른다.

따라서 우리는 일용품의 아름다움은 그의 목적과의 관계 안에서만 설명된다는 것을 알게 된다. 사물에게 있어 절대적인 아름다움이란 없다.

"좀 봐, 정말 아름다운 책상이야!"

"책상이라고? ……안 예쁜데!"

"근데 그건 책상이 아니라, 당구대야."

"그래, 당구대, 그러네, 아름다운 당구대야."

"오, 보세요, 정말 멋진 설탕 집게예요!"

"뭐라고요, 멋지다고요, 이 설탕 집게가 정말 끔찍하다고 생각하는데요!"

"그런데 그건 석탄 삽이네요!"

"아, 그래요, 정말이네요, 멋진 석탄 삽이군요!"

"아무개 씨(당신이 알고 있는 사람 중에서 제일 멍청한 사람의 이름을 대시오.)는 어쩌면 이렇게 멋진 침실을 가지셨는지."

"뭐라고요, X. Y. Z. 씨가요? 그런데 당신은 이 방이 멋지다고 생각하시는 거예요?"

"제가 헷갈렸어요, 이 방은 수석 건축 감독관인 오토 바그너 교수 거예요, 클럽 회원에 당대 최고 건축가인 그분 말입니다."

"그렇다면 이 방은 진짜 아주 아름답군요."

정말 때가 낀, 가장 아름답고 가장 그림 같은 여인숙은 이탈리아 농부 이외의 다른 사람에게는 흉측하게 보일 것이다. 그리고 이때는 이 사람들이 옳을 것이다.

그리고 모든 개별 일용품에도 마찬가지다. 예를 들어 바그너 방의 안락의자들은 아름다운가? 나한테는 그렇지 않다. 거기 앉으면 불편하기 때문이다. 다른 모든 사람에게도 그럴 것이다. 하지만 오토 바그너가 이 안락의자에서 아주 편히 쉴 것을 쉽게 떠올릴 수 있다. 따라서 추측해 보건대, 그의 침실, 즉 손님을 맞을 수 없는 그런 방에 있는 이런 의자들은 아름답다. 그리스 의자와 같은 모양이다. 하지만 수천여 년이 지나는 동안 앉는 기술, 휴식의 기술은 중요한 변화를 겪었다. 이 기술은 절대 중단된 적이 없다. 민족마다 시대마다 이 기술은 다르게 나타났다. 우리에게는 아주 힘든 자세들, 사람들은 아마 동양만 생각하겠지만, 이런 자세들이 다른 사람들에게는 휴식으로 여겨질 수도 있을 것이다.

지금 이 순간 안락의자는 사람들이 그 위에서 휴식을 취할 것을 요구할 뿐만 아니라, 빨리 휴식할 수 있기를 요구한다. 시간은 돈이다. 따라서 휴식은 세분화되어야만 했다. 정신 노동 후에는 야외 활동 뒤와는 다른 자세로 휴식을 취해야만 한다. 달리기를 한 뒤에는 승마를 한 뒤와 다르게, 자전거를 탄 뒤에는 노 젓는 배를 탄 뒤와는 다르게 휴식을 취해야 한다. 그렇다, 더 많은 것이 필요하다. 피곤의 정도 역시 다른 휴식의 기술을 요구한다. 휴식의 기술은 차례차례 사용될, 보다 많은 앉을 기회를 통해, 더 많은 신체 상태와 자세를 통해 실행되어야만 한다. 휴식을 효율화하기 위해서다. 독자 여러분은 특히 아주 피곤할 때, 한쪽 다리를 팔걸이에 올려놓고 싶은 마음이 든 적이 없으셨는지? 그 자체로는 아주 불편한 자세지만, 때로는 정말 아주 쾌적한 자세다. 미국에서는 이런 자세를 항상 할 수 있는데, 그곳에 편안하게 앉는 것, 즉 빠른 휴식을 무례하다고 생각하는 사람이 없기 때문이다. 그곳에서는 식사에 이용되는 탁자가 아니라면, 그 탁자에 발을 올려놓기도 한다. 그러나 이곳에서는 옆 사람의 편안 때문에 불쾌를 겪기도 한다. 여전히 어떤 사람들은 기차에서 건너편 좌석에 발을 뻗거나 걸쳐 놓는 사람들 때문에 짜증이 난다.

영국인과 미국인, 그렇게 사소한 성향으로부터 자유로운 그들은 진정한 휴식의 대가이기도 하다. 이번 세기 동안 이들은 세상이 생긴 이래 모든 다른 나라, 모든 민족이 함께 만들어 낸 것보다 많은 유형의 안락의자를 발명해 냈다. 피곤의 모든 종류는 서로 다른 형태의 안락의자를 필요로 한다는 기본 원칙에 따라 볼 때, 영국식 방은 절대 똑같은 형태의 안락의자를 들여 놓지 않는다. 이 방에는 온갖 종류의 앉는 자세에 따른 의자들이 놓여 있다. 모든 사람은 자신에게 가장 잘 맞는 방식대로 앉아 쉴 수 있다. 앉아 있는 모든 사람이 동일한 목적을 갖고 임시로 사용하는 공간들만은 예외다. 무도장이나 식당이 바로 그렇다. 그러나 응접실, 즉 우리의 살롱은 목적에 맞게 가벼워서 쉽게 움직일 수 있는 의자를 갖추고 있다. 이 의자들도 휴식을 위해서가 아니라, 살짝 격앙된 대화를 할 때 앉을 수 있게 마련된 것이다. 등받이가 높고 팔걸이가 있는 구식 할아버지 의자보다는 작고 아무렇게나 움직일 수 있는 의자에 앉아서 수다 떠는 것이 간편하다. 따라서 그런 의자들(이런 의자는 지난해 오스트리아 박물관에서 열렸던 스칼라 크리스마스 전시회에서 볼 수 있었다.)도 영국인이 만들었다. 빈 사람들은 의자의 용도를 제대로 알지 못했거나, 어쩌면 앉아 있어야 하는 모든 상황에 적합한 특허 의자를 염두에 두었기에, 이 의자들을 비실용적이라고 평했다.

아무튼 비실용적이라는 단어는 조심스레 사용하는 것이 좋다. 나는 이미 이전에 어떤 경우에는 불편한 자세도 편안할 수 있다는 사실을 지적했었다. 의자에는 등의 굴곡을 따라 마음대로 움직일 여유가 있어야 한다고 생각했던 그리스인들은 (알마타데마[39]가 그린 웅크린 자세들만 생각난다.) 우리의 의자 등받이도 불편하게 느낄 것이다. 왜냐하면 우리는 어깨를 받치려 하기 때문이다. 그러니 그들이 미국식 흔들의자에 대해서는 뭐라 하겠는가. 우리도 이 의자에 대해 뭐라고 말해야 좋을지 모르는데! 흔들의자에 앉아서는 흔들어야 한다는 기본 원리에서 우리는 출발한다. 내 생각에, 이런 잘못된 견해는 잘못

---

39 Sir Lawrence Alma-Tadema(1836~1912). 네덜란드 태생의 영국 화가

된 이름에서 생겨난 것 같다. 이 의자는 미국에서는 로커라고 부른다. 로킹은 흔들리고 이리저리 까딱거리는 움직임을 나타내는 말이다. 로커는 다리가 두 개 있는 의자로서, 의자에 앉은 사람의 발이 의자의 앞발 역할을 하도록 만들어졌다. 무게 중심을 뒤쪽에 두면 발이 올라가게 되는데, 이런 편안한 자세를 만들려고 이 의자는 만들어졌다. 의자의 활 모양의 뒤쪽 부분은 의자가 뒤로 넘어가는 것을 막아 준다. 우리의 흔들의자는 앞뒤쪽이 모두 활 모양으로 되어 있지만, 미국식 로커 앞부분은 활 모양으로 되어 있지 않다. 이 의자에 앉아 시소를 탈 생각을 하는 사람이 없기 때문이다. 여기 우리나라에서는 로커가 아직은 정말 인기가 없지만, 바로 이런 이유 때문에 많은 미국의 방에서는 로커만 볼 수 있다.

모든 의자는 실용적이어야만 한다. 따라서 기업들이 소비자를 위해 실용적인 의자만을 만들어 준다면, 이들에게 실내 장식가의 도움 없이 완벽하게 방을 꾸밀 가능성을 주는 것이 된다. 완벽한 가구들은 완벽한 방을 제공한다. 따라서 우리의 벽 장식가, 건축가, 화가, 조각가, 실내 장식가 등은 화려한 방이 아닌 거주할 방이 문제가 될 경우, 완벽하고 실용적인 가구를 사용하는 데만 만족하려 한다. 현재 우리는 이런 관점에서 영국의 수입에 의지하며, 유감스럽지만 우리의 가구업자에게 이런 타이프를 복사하라는 것보다 나은 충고를 해 줄 수가 없다. 사람들이 우리의 가구업자들이 삶과 접촉하게 두었더라면, 분명 그들은 어떤 영향도 받지 않고 영국 것과 유사한 의자들을 만들어 냈을 것이다. 왜냐하면 하나의 문화적 견해를 담은 동일한 시대의 맞춤 가구 사이에는 아주 사소한 차이들만 있어, 정확한 전문가만 이를 알아차릴 수 있기 때문이다.

우리 세기가 끝나 가면서 많은 의견들이 눈에 띈다. 즉 오스트리아 민족양식을 위해 영국의 영향으로부터 벗어나라고 강요하는 의견들이 있는데, 이는 정말 우스워 보인다. 자전거 생산의 경우, 현재 대략 다음과 같은 주장을 할 것이다. 영국 자전거 제품을 부도덕하게 복제하는 짓은 그만두고, 오스트리아 오버슈타이어마르크 출신의 하인 페터 차펠(혹시 이 사람의 다른 이름이 있는가?)의 진정한 오스트리아식 나무 바퀴를 모범으로 삼으라고 말이다. 분명 이런 바퀴가 추한 영국의 바퀴들보다 알프스의 경치에 훨씬 더 잘 어울릴 것이다. 그리고 이것이 이런 경향에 있어서는 중요한 문제로 보인다.

세기를 거치면서 여러 나라의 가구들은 외적 형태에서 볼 때 점점 더 서로 유사한 형태를 갖게 되었다. 이미 이번 세기 초반에는 빈에서 만든 안락의자(Sessel)와 런던에서 만든 의자(chair)[40]의 차이를 거의 구분할 수 없었다. 그 시대는 빈에서 런던으로 가기 위해 몇 주 동안 우편 마차에 몸을 실어야만 했던 때다. 그런데 이제 특급 열차와 전보의 시대인 지금 우리 주변에 인공적으로 만리장성을 쌓으려는 기인들이 다시 나타났다. 하지만 그것은 불가능하다. 똑같은 음식은 똑같은 식사 도구를, 똑같은 작업과 똑같은 휴식은 결과적으로 똑같은 의자를 생산하게 된다. 그러나 단지 우리의 식사법이 영국에서 왔다는 이유로 우리의 식사 예절을 포기하고 마치 농부처럼 온 가족이 한 그릇에서 퍼먹으라고 우리에게 강요한다면, 그것은 우리 문화에 죄를 범하는 셈이다. 앉는 것도 이와 동일하

---

40 독일어 Sessel과 영어 chair는 똑같이 등받이와 때로는 팔걸이까지 있는 1인용 안락의자를 뜻한다.

다. 우리의 습관은 오스트리아 북부 오버외스터라이히 주에 사는 농부의 습관보다는 영국의 습관에 훨씬 가깝다.

　따라서 사람들이 우리의 가구 제작자들을 가만 내버려 두고 건축가들이 끼어들지 못하게 했더라면, 가구 제작자들도 동일한 결론을 내렸을 것이다. 의자 형태가 서로 유사해지는 속도가, 르네상스 시대에서부터 나폴레옹 실각 이후의 왕정복고 시대까지의 발전 속도를 유지했더라면, 건축가들의 개입 없이 번성하는 수공업 분야, 즉 마차 제작, 보석 세공, 가죽 장신구 분야에서처럼, 가구 제작자들 사이에는 국가별 차이가 없었을 것이다. 왜냐하면 런던과 빈의 가구 제작자의 이성 사이에는 아무 차이가 없지만, 런던의 가구 제작자와 빈의 건축가는 전 세계의 너비만큼 거리가 있기 때문이다.

가구의 추방(1924)

    사랑하는 친구들, 자네들한테 비밀을 하나 알려 주겠다. 현대적인 가구란 없다네!

    보다 엄밀히 말하자면, 이동 가구들만이 현대적이라 할 수 있다. 벽에 꼭 붙어 있는 가구, 즉 움직일 수 없는 가구는 가구[41]라는 명칭에서 알 수 있듯 제대로 된 가구가 아니다. 오늘날 궤, 장롱, 유리장, 찬장은 더 존재하지 않는다. 사람들은 그걸 몰랐다. 그리고 바로 거기에서 모든 잘못이 발생했다. 사람들은 장과 찬장은 어떤 시대에나 현대적으로 만들어졌고, 시대에 맞게 고안되었으니 이런 물건들은 오늘날에도 시대에 맞게 만들 의무가 있다고 생각했다. 이건 논리적 오류다. 왜냐하면 오늘날에는 장롱 같은 건 존재하지 않고, 현대적인 가구도 제작되지 않기 때문이다. 이런 움직이지 않는 가구들은 보관용 가구다. 찬장에는 도자기, 장롱에는 옷을 보관했다. 이런 보관용 가구는 고상한 삶의 표

---

41 독일어로 가구라는 단어 Möbel은 가구와 집기 등 '움직일 수 있는 자산'이라는 뜻이다.

시였다. 방문객은 궤와 장롱을 보고 가족의 부를 알아챘다. 그런 찬장에는 집주인의 유리 제품, 도자기, 은 제품 모두가 들어 있었다. 정말 멋졌다! 식당에서 가장 좋은 자리에는 중앙 제단이 찬란하게 빛났고, 가장 성스러운 곳, 성궤 안에는 유리잔이 놓여 있었다. 나는 내 제자들에게 항상 말하곤 했다. 어떤 가정이 천박하면 천박할수록 찬장은 더욱더 호화롭고 커진다. 당연히 황제한테는 찬장 같은 것 없다!

이제 비현대적인 주부는 그 모든 물건을 대체 어디에 두어야 하냐고 걱정스레 묻는다. 그러나 부엌에서 식당으로 가는 길에는 빈 벽면, 창턱과 벽감이 상당히 많다. 부드러운 나무문으로 여닫는 벽감에는 깊은 찬장보다 훨씬 실용적으로 유리그릇이나 도자기를 넣어 둘 수 있다. 유리그릇과 접시를 앞뒤로 차례차례 보관할 필요가 없다.

화려하고 호화로운 가구로서 방에 들여 놓은 장롱에 옷을 보관하는 것은 훨씬 비현대적이다. 생각해 보라. 장롱은 소중한 장신구를 보관하는 상자와 다르지 않다. 그러니 보관 장소(장롱)와 우리의 현대적인 옷들 사이의 불협화음을 눈앞에 생생히 그려 보라. 장롱은 조각과 상감 세공이 되어 있는데, 옷들은 단순하다. 프랑스 궁신의 장롱과 다이아몬드 단추가 달린 그의 옷 사이에는 친척 관계가 있다. 궤와 장롱을 자랑하고, 장롱의 화려함으로 그 안에 든 값비싼 내용물을 연상하게 만드는 것은 그 시대의 정신이었다. 그러나 가슴에 손을 얹고 생각해 보라, 나의 친구들이여, 오늘날의 인간에겐 이런 유별난 행동이 뻔뻔함으로 비치지 않는가?

그리고 건축가들, 내가 말하는 건 현대적인 건축가들인

데, 이들은 오늘날의 인간, 즉 현대적인 인간이어야만 한다. 이동 가구의 생산은 목수와 도배공에게 맡겨라. 그들은 멋진 가구를 만든다. 가구들은 우리의 신발, 우리의 옷, 우리의 가죽가방과 우리의 자동차처럼 그렇게 현대적이다. 아, 물론 자신의 바지를 자랑하며 이렇게 말할 수 없을 것이다. "이건 바이마르에 있는 바우하우스에서 온 거라네!"

비현대적인 인간은 오늘날 사라져 가는 소수자 안에 있다. 대부분은 건축가다. 그들은 공예학교에서 예술적으로 키워졌다. 이 시대에 인간을 지난 시대 수준으로 옮기려는 건 사실 우스운 시작이다. 하지만 이에 대해 웃을 수만은 없다. 그것은 많은 해악을 가져왔기 때문이다.

그럼 진정 현대적인 건축가는 무엇을 해야만 할까?

그는 모든 이동 불가능한 가구는 벽 안에 들어 있는 그런 집을 지어야만 한다. 새로 집을 짓건 그저 설비만 하건 마찬가지다.

건축가가 항상 현대적이었더라면 모든 집에 이미 벽장이 갖춰져 있었을 것이다. 영국식 벽장은 수백 년은 되었다. 프랑스는 19세기의 70년대까지 시민 주택에 벽장을 만들었다. 그러나 옷장 건축이 잘못 부활한 탓에 이런 현대적인 업적을 위축하여, 오늘날에는 파리에서조차 옷장 없는 집만 짓는다.

놋쇠 침대, 철제 침대, 탁자, 의자, 쿠션이 있는 안락의자, 보조의자, 책상, 흡연용 탁자들(우리의 수공업자, 절대 건축가가 아닌 그들이 현대적으로 만든 모든 것들)을 각자의 바람, 취향과 성향대로 조달하기를! 모든 것은 현대적이기 때문에 모든 것에 어울린다.(내 신발이 내 양복, 모자, 넥타이와 우산에 어울리는 것과 마찬가지다. 이것들을 만든 수공업자들이 서로 전혀 알지 못하는데도 말이다.)

집의 벽들은 건축가의 것이다. 그는 마음 내키는 대로 이곳들을 다룰 수 있다. 움직이지 않는 가구도 벽과 마찬가지다. 그것들은 가구의 효과를 내서는 안 된다. 그것들은 벽의 일부분으로, 비현대적인 화려한 장롱과는 달리 독자적인 특성이 없다.

자기 집
《다스 안더레》(1903. 10. 1.)

신문기자들은 지난 몇 년 동안, 현대 예술가들의 몰취미에 대항하는 용기를 내라고 우리를 부추겼다. 나는 그대들 자신의 몰취미에 대항하는 용기를 갖도록 그대들을 부추기겠다.

칼싸움을 배우려는 사람은 칼을 손에 쥐어야 한다. 그 누구도 칼싸움을 보는 것만으로는 칼싸움을 배우지 못한다. 그리고 자기 집을 지으려는 사람은 스스로 모든 것을 정해야만 한다. 그러지 않으면 절대 집 짓는 것을 배우지 못한다. 어쩌면 실수를 남발할지도 모른다. 하지만 그대들 자신이 저지른 실수다. 스스로를 훈육하고 자만심을 없앰으로써 그대들은 곧 이러한 실수를 인식하게 될 것이다. 그대들은 변하고 성장할 것이다.

그대들의 집은 그대들과 함께 변하고, 그대들은 그대들의 집과 함께 변할 것이다.

그대들의 집이 몰취미하게 보일지도 모른다고 두려워 말라. 취향에 관련한 문제로 다툴 수는 있다. 다만 누가 결정할 수 있으며, 누가 옳단 말인가?

그대들의 집에 대해서는 그대들이 늘 옳다. 다른 누구도 아니다.

현대 예술가들 중 지도자들은 자기들이 모든 집을 그대들의 개성에 따라 지을 수 있다고 말할 것이다. 그건 거짓말이다. 예술가는 그저 자신의 방식에 따라 집을 지을 수 있다. 붓을 물감통에 담가 놓고 그때그때의 구매자 취향에 따라 자신의 화폭에 붓질을 하는 사람들이 있듯이, 그런 식의 시도를 하는 사람도 있기는 하다. 하지만 이들을 예술가라고 부르지는 않는다.

그대들은 자신의 집을 오직 그대들 스스로만 꾸밀 수 있다. 그렇게 함으로써만 그 집이 그대들의 집이 되기 때문이다. 칠장이건 벽지를 바르는 사람이건, 다른 사람이 그 일을 할 경우, 그것은 집이 아니다. 잘해 봤자 호텔 방에 불과하다. 아니면 집의 풍자화일 뿐이다.

나는 그런 집에 발을 들여 놓을 때마다, 여기서 생을 보낼 가련한 사람들을 항상 동정하게 된다.

그래, 이것이 사람들이 삶의 작은 기쁨과 큰 비극을 위해 만들게 한 배경이란 말인가?! 그래 이것이?

아, 이 집들은 그대들한테는 가면 대여점에서 빌려온 광대옷을 둘러 쓴 것 같구나!

빌려온 싸구려 옷의 의미를 알아차릴 만큼 삶의 냉혹함이 절대 그대들에게 다가오지 않기를!

응용 예술가의 유행어를 들먹이며 자랑했던 그대들의 호언장담은 운명의 불굴의 걸음 아래서 소멸한다.

그대들의 펜을 들고 나와 보라, 그대 인간과 영혼을 묘사하는 자들이여! 탄생과 죽음, 불행한 아들의 고통의 비명, 죽어 가는 어머니의 숨넘어가는 그르렁 소리, 죽음으로 가려는 딸의 마지막 생각이 올브리히적인[42] 침실에서 어떻게 행해지고 얼마나 어울리는지 표현해 보라.

그림 하나만 골라 보자. 자살한 젊은 여인. 그녀는 마룻바닥에 몸을 쭉 뻗고 누워 있다. 한 손에는 아직 연기가 나고 있는 권총을 꽉 움켜진 채다. 책상 위에는 편지 한 통이 놓여 있다. 작별 편지다. 이런 일이 벌어진 방은 예술적 취향이 있는가? 누가 이런 질문을 하겠는가? 누가 그런 것에 신경 쓰겠는가? 그것은 방이다, 그것으로 그만이다!

하지만 만일 그 방이 벨데[43]가 만든 방이라면? 그러면 이 방은 방이 아니다.

그러면 그것은……

그래, 그러면 대체 그것은 무엇인가? ……

죽음에 대한 신성 모독!

그대들에게는 이 방이 작은 기쁨을 누리는 방으로 남아 있기를!

칼싸움을 하려는 사람은 칼을 손에 쥐어야 한다!

그리고 칼싸움을 배우려는 자는 여기에 더해 칼싸움을 가르쳐 줄 선생이 필요하다. 그는 이를 할 수 있어야만 한다. 나는 그대들의 집에 관해 선생이 되려 한다. 그대들의 집은 오류로

---

42 Joseph Maria Olbrich(1867~1908). 독일 건축가. 오스트리아의 아르누보 운동을 전개한 빈 분리파를 공동 창시했으며, 유럽 근대 건축 운동의 선구자인 오토 바그너의 제자로, 빈 분리파 건물(1897)을 지은 인물이다.

43 Henry van de Velde(1863~1957). 벨기에 건축가. 아르누보 양식의 중요한 건축가이자 디자이너

가득하다. 그대들은 집 안의 많은 것을 바꾸려 한다. 사람들은 내게 묻고, 나는 정보를 주려고 한다. 이 페이지에서는 그대들 집에 관한 모든 질문에 대답이 주어져야 한다.

그대들은 방 하나를 새로 도배를 맡기려는데 색을 결정하지 못하고 있는가?

새로 얻은 집의 창문과 문에 칠을 하려고 하는가?

어떻게 하면 옛 가구들을 그대들의 새로운 집에 잘 배치할 수 있는지 알고 싶은가?

등나무 안락의자를 거실에 놓아도 될까?

이것을 할 수 있을까, 아니면 저것을?

색상 견본, 직물 견본, 벽지를 보내시라, 평면도와 스케치를 보내시라. 돌려받고 싶다면, 반송 요금을 동봉하시라. 모든 질문에 대해 최고의 지식으로 대답해 드리겠다.

미하엘러플라츠에 세운 집[44]에 대한 논평 두 편과 편지 한 통(1910)

나의 첫 번째 집

시 건설과가 파사드 공사 진행을 금지함으로써 내 광고를 해 준 데 어떻게 감사해야 할지 모르겠다. 이 덕에 오랫동안 조심스레 숨겨 왔던 비밀이 세상에 알려졌다. 내가 집을 짓는다.

나의 첫 번째 집! 집 한 채라니! 늘그막에 집 한 채는 짓겠지 하는 꿈도 꾸지 않았기 때문이다. 이제까지 많은 경험을 한 뒤, 나는 내게 집을 지어 달라는 주문을 할 만큼 정신 나간 사람은 아무도 없을 것이며, 또 내 설계를 토건국 관리에게 밀어붙이는 것은 불가능할 것을 알고 있었다.

이미 한 번 경험했기 때문이다. 몽퇴르, 아름다운 제네바

---

44   이 집은 골트만운트잘라취 양복점 건물로, 로스하우스라 불리기도 한다. 이것을 짓기 이전에 아돌프 로스는 실내 건축만 했다. 아돌프 로스가 지은 이 최초의 대규모 건물에는 건축에 대한 그의 생각이 집결되어 있다.

호숫가에 관리 사무소를 짓는 영광스러운 프로젝트가 내게 맡겨졌다. 그곳 호숫가에는 돌이 많았고, 거기 호숫가에서 오래 산 주민들은 모두 이 돌로 집을 지었기에 나도 그렇게 하려고 했다. 우선은 건축 견적에서 드러나듯(생각보다 훨씬 적게 받는다.) 그게 비용이 싸게 들고, 두 번째는 운송하는 데 힘이 덜 들기 때문이다. 나는 원래 일이 많은 것에 반대하고, 나와 일하는 사람들도 같은 생각이었다.

그 외에 나는 어떤 나쁜 생각도 없었다. 따라서 내가 경찰에 불려가, 제네바 호수의 아름다움을 해치려는 이방인이라도 되는 듯 심문을 받았을 때, 누가 내 놀라움을 표현할 수 있겠는가. 그들 말로는 그 집이 너무 단순하다는 것이다. 장식이 어디 있습니까? 나는 조심스레 항변했다. 바람이 잘 때는 호수 자체가 매끈하고 아무 장식이 없다, 그리고 많은 사람들한테 괜찮다는 말을 들었다. 이런 항변은 아무 성과가 없었다. 단순하기 때문에, 따라서 추하기 때문에, 이런 건물을 세우는 것은 금지한다는 증명서를 받았다. 나는 즐겁고 기쁘게 집으로 갔다.

즐겁고 기쁘게! 대체 지구상의 모든 건축가들 중 그 누가 자신이 예술가라는 증거를 경찰한테 서면으로 받겠는가? 우리들 모두는 자신을 예술가라 생각한다. 하지만 사람들이 늘 우리를 믿어 주는 것은 아니다. 많은 사람들은 이 사람을 예술가라 생각하고, 또 다른 많은 이들은 저 사람을 예술가라 생각한다. 대다수 사람들에 대해서는 아무도 예술가로 생각해 주지 않는다. 나에 대해서는 모든 사람이 예술가라고 생각해 줘야만 하며, 나 자신은 당연히 그렇게 생각해야만 한다. 왜냐하면 나는 금지당했기 때문이다. 프랑크 베데킨트[45]나 아르놀트 쇤베르크[46]를 경찰이 금지했듯 말이다. 경찰이 아르놀트 쇤베르크의 음표에 들어 있는 생각을 읽을 줄 알아서 그의 작품을 금지했듯, 내 작품을 금지했더라면 더 좋았을 텐데.

나는 내가 예술가라는 자각을 했다. 내가 언제나 희미하게 믿어 왔던 것인데, 이제 경찰이 공식적으로 입증해 준 것을 말이다. 훌륭한 국민으로서 나는 오직 관청의 도장만 믿는다. 하지만 이런 자각을 비싼 대가를 치르고 얻었다. 어떤 사람이, 어쩌면 나 자신일지도 모르는데, 그것을 누설했고, 그래서 사람들 사이에 그 말이 전해졌고, 예술가라면 항상 그런 일을 당하듯 이 위험한 인물과 아무도 더는 뭔가 하려 들지 않는다. 그런데 사람들은 내가 빈둥거리며 지냈다고 생각하지는 않은 것 같다. 누군가 1000크로네가 있는데 5000크로네를 들인 듯 보이게 집을 꾸미고 싶으면 내게로 왔다. 나는 그 분야의 전문가로서 수련을 쌓았다. 그러나 5000크로네를 갖고 있고 이 가격으로 1000크로네로 보이는 협탁을 갖고 싶은 사람은 다른 건축가에게로 갔다. 하지만 첫 번째 그룹이 두 번째보다 더 흔하기 때문에 나는 할 일이 많았다. 사람들은 내가 불평할 수

---

45 Benjamin Frank Wedekind(1864~1918). 독일 극작가로 부르주아 사회의 위선을 폭로했다. 대표작은 「봄이 눈뜰 때」(1891), 「땅의 영(靈)」(1895), 「판도라의 상자」(1903) 등이다.

46 Arnold Schönberg(1874~1951). 오스트리아에서 태어나 미국으로 귀화한 작곡가. 음악 이론가이자 음악 교육가. 한 옥타브를 구성하는 일곱 개의 온음과 다섯 개의 반음을 포함한 열두 개의 음을 골고루 사용. 곡을 구성하는 십이 음 기법을 적용한 곡을 작곡하여 장조나 단조의 조성에 바탕을 두지 않는 무조 음악을 선보였다. 아돌프 로스는 쇤베르크를 동시대에 가장 위대한 음악 천재라고 생각했다.

없다는 것을 알았다.

　이제 어느 날 불행한 사람이 와서, 내게 집 한 채를 짓기 위한 설계 도면들을 주문했다. 그는 내 옷 만들어 주는 사람이었다. 이 용감한 사람(사실은 용감한 남자 둘이었다.)[47]은 해마다 내게 양복을 조달해 주면서 참을성 있게 매해 1월 1일에 계산서를 보냈다. 계산서에 대해서는 발설할 수가 없는데, 금액이 절대 줄어들지 않았다. 내 후원자들이 격하게 반발하기는 했지만, 부담을 줄이기 위해 나한테 이 명예로운 주문을 한 것이라는 의심을 거둘 수가 없었으며, 오늘날까지도 그렇게 생각한다. 사실 건축가는 명예 표창의 기념품, 즉 건축 사례금을 받는다. 멋진 이름에도 불구하고 이 명예 표창의 기념품은 지불되지 않은 계산서로 인해 금액이 깎여 나가는 일을 막지 못한다.

　나는 이 두 명의 용감한 남자들에게 나를 조심하라고 경고했다. 쓸데없는 일이었다. 그들은 어떻게든 재정 부담을 줄이려고 했다. 미안해하며 관청에서 인정한 예술가에게 건축을 맡기려 했다. 나는 그들에게 말했다. 당장은 여전히 평판이 좋은 남자들이 왜 경찰에게 시달리길 바라는 거요? 그들은 그러고 싶어 했다. 내가 예고했던 일이 일어났다. 마지막 순간에 고맙게도 건축 감독관 그라일이 와서는, 죄인을 지역 감옥에 넣으라는 명령을 받은 경찰관에게 정지 신호를 보냈다. 다행히 높은 당국 밖에는 항상 더 높은 당국이 있기 마련이다.

47　골트만운트잘라취는 미하엘 골트만과 요제프 잘라취가 1883년에 시작한 양복점. 1909년 아돌프 로스에게 새 건물의 설계를 부탁한 사람은 골트만의 사위인 에마누엘 아우프리히트와 아들 레오폴트 골트만이었다.

이 집은 곧 완공될 것이다. 내 양복을 어떻게 주문해야 할지 아직은 모르겠다. 내 건축주들은 이제 새집을 짓지 않으려 한다. 그러니 나는 새 양복장이를 찾아 봐야 할 것이다. 이 사람이 이제까지 내게 양복을 공급해 준 사람들처럼 용감한 후원자라면, 십 년 후에 나의 두 번째 집이 세워질 수 있을 게다.

편지 한 통

우리의 옛 도시를 칭찬하기 위해, 우리의 잃어 가는 도시 형태를 구원하기 위해 읽을 수 있는 모든 말들은 다른 많은 사람들에게서보다 내게서 더 큰 반향을 일으킨다. 그런데 내가, 바로 내가 이 옛 도시 형태에 범죄를 저질렀다는 것, 이런 비난은 다른 사람이 생각하는 것보다 훨씬 가혹하게 나를 괴롭힌다. 나는 그 집을 가능하면 그 광장에 어울리게 설계했다. 이 건물과 짝을 이루는 교회의 양식은 내게 방향을 정해 주었다. 나는 빛과 공기를 막으려고 창문의 형태를 고른 것이 아니라 우리 시대의 당연한 요구에 맞게 이 두 가지를 늘리기 위해 창문의 형태를 골랐다. 창문은 양 여닫이가 아니라 세 여닫이로 되어 있고, 창문턱에서 천장까지 닫는다. 나는 모든 모조품을 싫어하기 때문에 진짜 대리석을 골랐고, 회칠은 빈의 시민들도 단순하게 하기 때문에 나도 가능한 한 단순하게 했다. 봉건 영주만이 궁전에 강력한 건축적 장식 부분을 갖는데, 이런 장식들은 시멘트로 만든 것이 아니라 석재로 되었고, 이제는 물감 아래에서 잠을 자고 있다.(킨스키 궁전과 롭코비츠 궁전에서는 이 석재들이 다시 소생했다.) 나에게는 가게와 거주지가 확실히 구분되는 것이 중요했다. 나는 지금까지 항상 우리의 옛날 빈 대가들의 감성에 따라 이것을 해결하려는 망상에 사로잡혀 있었다. 그리고 이런 망상을 하면서도 나는 나한테 적대적인 생각을 가진 현대 예술가의 말을 통해 여전히 확신을 가졌다. 그는 말했다. 현대 건축가라고 하면서 옛날 빈의 집들처럼 집을 짓는군!

빈의 건축 문제

한 도시의 건축 특성에는 무엇인가 특별한 것이 있다. 각 도시는 각자의 독특한 것이 있다. 어떤 도시에는 아름답고 매력적인 것이 다른 도시에는 추하고 끔찍할 수 있다. 단치히의 덧칠하지 않은 벽돌 건물은 빈의 땅에 옮겨지는 순간 곧바로 그 아름다움을 잃는다. 여기서 관습의 힘에 대해 말하지는 않기를…… 단치히는 왜 덧칠하지 않은 벽돌 건물의 도시고 빈은 석회칠의 도시인지 아주 결정적인 이유들이 있기 때문이다.

나는 여기서 이 이유들에 대해 말하지는 않겠다. 근거가 책 한 권을 다 채울 테니까. 하지만 재료뿐만 아니라 건물의 형태는 장소, 대지, 대기와 연결되어 있다. 단치히의 지붕들은 높고 가파르다. 이 지붕들의 건축학적 해법은 단치히 건축 예술가들의 창작 욕구를 완전히 이용한 것이다. 빈과는 달랐다. 빈에도 지붕은 있다. 성 요한절[48]에 밤이 새도록 거리들을 이리저리 헤매고, 밝은 아침 햇살 속에서 그 거리들이 텅 빈 채 눈앞에 놓여 있으면, 낯선 도시를 헤맨 기분이 된다. 왜냐하면 이 시각부터 우리는 행인이나 마차나 자동차에 신경 쓸 필요가 없고, 낮이 우리에게 숨겨 두었던 세세함으로 가득한 것을

48 6월 24일

보고는 놀란 채 서 있기 때문이다. 그리고 그때 우리는 빈의 지붕들을 본다. 그것들을 처음 보고는, 낮에 그것들을 못 보고 지나쳤던 것을 의아하게 생각한다.

그러나 빈의 건축가들은 지붕은 완전히 목수에게 맡긴다. 작업은 지붕 돌림띠로 마감되었다. 궁전에는 돌림띠와 지붕 사이에 화병과 인물상들을 얹는 난간이 만들어진다. 시민은 이것도 포기한다.

빈에서 오 분 떨어진 거리에 있는 제방, 오늘날의 링슈트라세 너머로 그 지붕이 있었다. 빈에서 지붕 도면을 그리지 않았던 그 건축가들은 교외의 집이나 궁전의 지붕이나 돔을 다룰 때는 정신력과 창의력이 충만했다. 내가 이것을 밝히는 이유는, 빈의 옛 건축 예술가들이 한 장소의 건축 특성을 계산하고 이를 방해할 모든 것을 의도적으로 피했다는 사실을 증명하기 위해서다.

나는 의도적으로 건축의 특성을 고려하지 않는 오늘날 우리의 건축가들을 고발한다. 아직 링슈트라세의 건축은 도시에 어울렸다. 그러나 만약 링슈트라세가 오늘날 건설된다면, 우리는 오늘날 링슈트라세가 아니라 건축학의 대참사를 마주하게 될 것이다.

지붕, 돔, 돌출창과 다른 상부 구조물 없이 돌림띠로만 건물을 마무리 짓는 것은 빈답다. 건축법은 지붕 돌림띠의 맨 위 모서리까지의 높이를 25미터로 규정한다. 그러나 지붕을 이용하고, 작업실과 세를 놓을 수 있는 다른 공간들을 포함해야 한다고 한다. 왜냐하면 토지는 아주 비싸고, 세금은 높기 때문이다. 이런 재정적 문제 때문에 빈의 옛 건축 특성은 사라졌다. 우리가 그 특성을 어떻게 다시 찾아올 수 있을지 어쩌면 나는 이미 그 방법을 알지도 모른다. 집과 토지 소유자로부터 권리를 빼앗게 될 새로운 법들로는 절대 아니다. 옛날의 원칙, 즉 모두에게 똑같이 부당한 원칙에 따라서도 절대 아니다. 대신 다른 방법이 있다. 자신의 지붕 돌림띠 위에 아무것도, 정말 아무것도 세우지 않은 것을 의무로 여기는 사람, 그에게 육층 건물의 허가를 내주는 것이다. 왜냐하면 정직하게 높은 건물이 지붕에 흉물을 얹은 집, 일명 '봉토 수여 양식'으로 지어진 집보다 낫기 때문이다. 그렇게 되면 우리는 다시 아름다운 웅장한 선들과 비범한 비율을 갖게 될 것이다. 수세기 전부터 알프스를 넘어 이탈리아의 공기는 우리에게 불어왔다. 그런 우리는 이탈리아의 위대함과 기념비들, 우리의 신경 속에 있는 그것들, 단치히 사람들이 우리한테 정말 부러워할 법한 것들을 갖게 될 것이다.

그러면 우리는 석회반죽을 갖게 될 것이다. 사람들은 그것을 얕보고, 물질주의 시대에는 그것을 부끄러워하기 시작한다. 그때 빈의 훌륭한 옛 회반죽은 학대당하고 욕보임을 당했으며, 그것이 누구이고 무엇인지 더는 충분히 말해지지 않았으며, 돌을 모조하는 데 사용되었다. 왜냐하면 돌은 비싸고, 회반죽은 싸기 때문이다. 그러나 세상에는 비싼 재료도 싼 재료도 없다. 공기는 우리한테서는 싸지만 달에서는 비싸다. 신과 예술가에게 모든 재료는 똑같고 귀중하다. 그리고 나는 인간이 세상을 신과 예술가의 눈으로 관찰하는 것에 찬성한다.

석회반죽은 피부다. 돌은 구조적이다. 화학적으로 비슷한 구성이지만 둘은 용도에 있어 굉장한 차이가 있다. 석회반죽은 그의 사촌인 석회석보다는 가죽, 벽장식용 양탄자, 벽지, 착색 래커와 더 비슷하다. 석회반죽이 정말로 벽돌집의 외피가 되었다면, 티롤 사람이 황제의 궁전에서 자신의 가죽 바지를 부끄러워하지 않는 것처럼 석회반죽도 자신의 소박한 출신을 부끄러워할 필요가 없다. 그러나 둘 모두가 연미복과 흰 넥타이를 착용한다면, 티롤 사람은 궁전에서 불안해할 것이고 석회반죽은 자기가 고등 사기꾼임을 불현듯 깨달을 것이다.

황제의 궁전! 그 근처에 있는 것만으로 이미 진짜와 가짜가 구분된다. 그런데 이제 궁전 가까이에 새로운 집, 현대적인 상가 건물을 짓는 프로젝트가 있었다. 그것은 황제의 거주지에서부터 봉건 영주의 궁전을 지나 고급 상가 거리인 콜마르크트 거리로 가는 통과 지점을 건설하는 것이었다. 당시 결정되었던 건축 장소는 확장되었다. 당연히 광장에는 득이 되지 않았다. 그래서 치폴리노 모놀리트[49]로 된 거대한 주랑으로 이런 결점을 보충하려 했다. 이 때문에 1층과 1.5층의 건물 앞면은 3.5미터 뒤로 쑥 들어갔다. 그 집은 시민의 집이 되어야 했다. 그래서 건축 형식은 처마 돌림띠로 마무리한다. 그렇게 되면 동판으로 씌워진 지붕, 곧 검은색이 될 이 지붕은 성 요한절 밤의 밤나비들만 알아차리게 된다. 그리고 이 5층짜리 건물[50]은 석회반죽으로 덧입혀져야 했다. 장식을 위해 꼭 필요한 것은, 모두 자신의 마음속에 법칙을 지니기 때문에 아직 건축법이 없었던 그 행복한 시대에 우리의 옛 바로크 장인들이 했던 것처럼, 그런 손에 맡겨져야 한다.

---

49 치폴리노(Cipollino)는 양파라는 이탈리아어 cipolla에서 나온 말로, 양파의 단면과 같은 줄무늬를 가진 대리석을 말한다. 모놀리트(Monolith)는 한 가지의 돌 혹은 하나의 돌이라는 뜻으로, 동일한 종류의 자연석이나 돌을 잇지 않고 한 가지로 만든 돌덩어리를 뜻한다.

50 원서에는 4층(vier Stockwerk)이라 되어 있는데, 우리 식으로 하면 5층이다.

그런데 상점이 들어설 1층과 1.5층, 그 부분에서는 현대적인 상거래가 현대적인 해답을 요구한다. 당연하다. 옛 장인들은 현대적인 상거래에 관해 우리한테 어떤 모범도 남겨 놓을 수가 없었다. 전기 조명 기구에 대해서도 마찬가지다. 만약 그들이 무덤에서 일어난다면, 그들은 곧 해답을 발견할 것이다. 소위 말하는 현대의 감각에서는 아니다. 또한 백열등이 달린 도자기 양초를 구식 촛대에다 꽂는 구닥다리 도배공의 감각에서도 아니다. 이 두 적대적인 진영이 생각하는 것과는 완전히 다르고, 새롭고 현대적이다.

그런 것이 시도되었다. 그 집을 황제의 궁전, 광장, 도시와 조화하려는 시도가 이뤄졌다. 이 시도가 성공한다면, 사람들은 엄격한 법칙이 섬세한 예술가적 배려로써 정말 자유로운 해석을 발견한 데 감사로 응답할 것이다.

거주 배우기
《노이에스 비너 탁블라트》(1921. 5. 15.)

이 도시의 모든 주민이 마치 열병에 걸린 듯 빠져든 새로운 운동, 즉 주택 단지 운동은 새로운 인간을 요구한다. 위대한 정원사 레베레히트 미게[51]가 제대로 말했듯이, 현대적 신경을 소유한 인간을 요구한다.

현대적 신경을 가진 인간을 묘사하는 것은 쉽다. 우리는 애써 우리의 상상력을 발동할 필요가 없다. 인간들은 이미 탈진 상태로 산다. 물론 오스트리아에서는 그렇지 않지만 조금 더 먼 서쪽에서는 그렇다. 오늘날 미국인이 가진 그 신경은 우리는 다음 세대나 갖게 될 것이다.

미국에서는 우리처럼 그렇게 명확하게 도시인과 농민이 구분되지 않는다. 모든 농부는 절반은 도시인이고, 모든 도시인은 절반은 농민이다. 미국의 도시인은 유럽의 동료처럼 자연과 그렇게 멀리 떨어져 있지는 않다. 유럽의 동료란 더 정확히 말하면 유럽 대륙의 동료를 말한다. 왜냐하면 영국인도 진

---

51 Leberecht Migge(1881~1935). 독일 조경 설계자

정한 농부이기 때문이다.

두 나라 사람들, 영국인과 미국인은 한 지붕 아래 다른 사람과 함께 사는 것을 달갑지 않은 상황으로 받아들인다. 가난하거나 부자이거나 모두 자기 집을 가지려 한다. 그것이 그냥 오두막이건, 축 늘어진 초가지붕에 허물어진 움막이건 상관없다. 그리고 도시에서 그들은 시치미를 떼고 임대 주택을 짓는다. 임대 주택 단지 내의 각 집들은 전용 나무 계단이 있는 두 층짜리다. 층층이 쌓인 오두막들이다.

여기서 나는 내가 해야 할 첫 번째 프로그램을 시작한다. 자기 집을 가진 사람은 2층집에 산다. 그는 자신의 생활을 명확하게 둘로 나눈다. 낮 생활과 밤 생활. 거주와 취침으로 나누는 것이다. 두 층에서의 생활을 불편하다고 상상하면 안 된다. 그런데 우리의 개념에 따른 침실은 없다. 그러기에는 이 침실들은 너무 작고 살 만하지 않다. 유일한 가구는 흰색 에나멜 칠을 한 철이나 놋쇠로 된 침대. 협탁은 찾아볼 필요도 없다. 장롱은 아예 없다. 붙박이장, 즉 자물쇠가 달린 잠금 장치가 장롱의 자리에 있다. 이런 수면 장소는 실제로 정말 잠만 자기 위한 공간이다. 청소는 아주 간편하다. 하지만 이런 침실은 우리의 침실보다 한 가지가 우월하다. 즉 출입구가 하나뿐이라서, 절대 다른 방으로 지나가는 중간 방으로 사용될 수 없다. 아침이면 온 가족이 같은 시간에 아래층으로 내려온다. 아기도 아래층으로 데리고 내려와야 하고, 하루 종일 엄마와 함께 거실에 있다.

각 가정에는 온 가족이 식사 시간에 모여 앉을 수 있는 식탁이 하나씩 있다. 마치 농부의 가정 같다. 왜냐하면 빈에서는 이 도시 주민의 20퍼센트만 그렇기 때문이다. 그럼 나머지

80퍼센트는 어떻게 살까? 자, 한 사람은 화덕 옆에 앉아 있고, 다른 사람은 손에 냄비를 들고 있고, 세 명은 식탁에, 다른 사람들은 널찍한 창문틀을 점령하고 있다.

그래서 이제 자기 집을 얻은 모든 가족은 농부의 식탁처럼 거실 한구석에 놓일 식탁 하나를 갖는다. 마치 농부네 가정처럼. 이는 멋진 혁명이 될 것이다! 이에 대한 찬반의 목소리가 나올 수 있다. "아냐, 아냐, 난 안 할래! 오버외스터라이히의 농부 집에서 본 적 있어. 그곳에서는 식탁에 빙 둘러 앉아서 모두가 한 그릇에서 퍼먹더라고. 아, 그래, 우리는 그런 것엔 익숙지 않잖아. 우린 따로 먹지." 그리고 미리 걱정을 하는 어떤 아버지는 이렇게 말했다. "뭐, 식탁에 빙 둘러앉는다고? 우리 애들은 음식점에 길이 들겠네!"

내가 이런 얘기를 하면 사람들은 웃는다. 하지만 나는 속으로 운다.

우리는 식탁 때문에 싸우지는 않을 것이다. 함께 아침 식사를 하는 것이 돈을 절약하는 것임을 곧 알게 될 것이다. 빈의 아침 식사는 화덕 주변에 서서 커피 한 모금을 마시고, 빵한 조각을 절반은 계단에서, 절반은 길에서 먹는다. 이런 식사는 10시 정각이면 굴라쉬를 요구한다. 일종의 위장 속임을 필요로 하는 것이다. 굴라쉬는 꽤 맵기 때문에 맥주 한잔도 필요해진다. 이런 식사는 영국인이나 미국인은 이름조차도 알지 못하지만, 우리는 이를 가벨프뤼슈튀크[52], 즉 포크로 구성된

---

52 Gabelfrühstück. 가벨은 '포크', 프뤼슈튀크는 '아침 식사'를 뜻한다. 풍성한 (두 번째) 아침 식사. 늦은 오전 즉 약 11시에서 13시 사이, 특별한 경우에 먹는 아침 식사로, 양념을 친 음식과 함께 알코올이 든 음료를 곁들인다.

아침 식사라고 한다. 왜냐하면 이때 나이프[53]만 사용하기 때문이다. 하지만 나이프로 먹으면 안 된다. "그럼 나중에 소스는 무엇으로 드시나요?"

가장이 집에서 시커먼 커피 한 모금만으로 만족해야만 했다면, 그에게 이 두 번째 아침 식사가 허락된다. 하지만 그의 아내는 이 돈이면 온 가족이 풍성한 미국식 아침 식사를 먹을 수 있다는 것, 점심때까지 아무것도 먹지 않아도 될 만큼 배부르게 먹을 수 있다는 것을 곧 알게 된다. 미국 가정에서 아침 식사는 가장 멋진 식사 시간이다. 잠을 잔 덕에 모두 정신이 맑아졌고, 방은 쾌적하고, 신선하게 환기되었으며, 따뜻하다. 식탁 가득 음식이 차려져 있다. 모두 우선 사과를 하나 먹는다. 그런 다음에는 어머니가 오트밀을 나눠 준다. 이 멋진 음식, 미국이라는 나라가 그 원기 왕성한 사람들과 위대함과 복지를 누리는 것은 이 음식 덕이다. 내가 빈 사람들에게 오트는 귀리이고 밀은 음식을 뜻한다고 알려 주면 실망한 표정을 지을 것이다. 하지만 우리는 라인츠에 놀러 온 사람들에게 미국 방식을 따라 귀리 가루로 만든 음식을 준비해 대접하고, 빈 전체가 귀리 음식을 먹기 바랄 것이다. 우리가 그렇게 자랑스러워하는 말, 귀리를 먹은 멋진 말이 우리에게 무슨 소용이란 말인가! 우리나라 사람들도 직관과 풍부한 표정을 가져야만 한다.

가난하건 부유하건, 농민이건 백만장자이건, 미국 어떤 집 아침 식사에도 오트밀이 빠지지 않는다. 모든 다른 것들,

---

53 포크만 사용하는 식사를 의미하지만, 손에 빵을 들고 나이프로 버터를 바르거나 다른 것을 올려 먹기도 하기에 나이프만 사용한다고 한 것.

값싼 생선이건 비싼 송아지 커틀릿이건 하는 것들은 상황에 따라 준비된다. 물론 차와 빵도 있는데, 놀랍게도 이것들은 점심 식사와 저녁 식사에도 나온다.

점심 식사는 아주 간단하다. 아버지는 집에 없고, 어머니는 오전 내내 집안을 정리하느라 바빴다. 주부를 도와줄 하인이 없기 때문이다. 도와줄 사람이 없다는 것 때문에 나는 거실에서 식사를 준비하는 것을 생각하게 되었다. 왜냐하면 그 집의 주부는 자신의 시간을 부엌이 아닌 거실에서 보낼 권리가 있기 때문이다.

그러나 이러한 배치는 요리를 두 가지로 나누게 만든다. 음식 만드는 일은 두 가지로 명백히 나뉜다. 하나는 불에서 하는 작업, 화덕에서 하는 작업이다. 다른 하나는 준비와 설거지이다. 첫 번째 부분은 화덕이 있는 거실에서 끝낼 수 있다. 이를 위해서는 화덕이 가능한 한 거주하는 사람들의 눈에 띄지 않게 감춰져 있는 것이 필요하다.

이 문제를 해결하기 위해 미국에서 발명되지 않은 것이 무엇인가! 최근에서야 나는 어떤 신문에서 사진 한 장, 아니 두 장을 보았다. 사진 한 장은 벽감에 설치된 화덕을 보여 주고, 다른 사진은 책상을 보여 주었다. 벽감은 벽에 설치된 바로 그런 것이었다. 단추를 누르면, 마치 성상을 넣어 둔 닫힌 감실처럼, 필요할 때는 전기로 작동되는 그 장치가 빙 돈다.

하지만 그런 배치는 기술이 할 수 있는 것보다 더 많은 것을 요구한다. 그것은 요리를 두려워하지 않는 인간을 요구한다. 하지만 요리에 대한 약간의 두려움, 농부나 영국인과 미국인은 갖지 않은 그런 감정을 소유하는 우리는, 호텔에서 이 외국인들에게 음식을 먹는 사람들 바로 앞에서 요리가 되는 그런 식사 공간이 제공되는 것이 놀랍다. 전쟁 중에는 이런 방을 로스트라움, 즉 굽는 방이라고 불렀다. 지금은 다시 그릴룸이라고 불린다. 하지만 단순한 주민은 이 방을 거실 부엌 혹은 조리실이라고 부를 것이며, 영국 귀족이라도 되는 듯 아주 품위 있는 조리실을 가질 것이다. 혹은 오스트리아의 농부처럼 아주 평범한 조리실을 가질 것이다.

주택 단지에서 살고 싶은 사람은 다시 배워야만 한다. 도시의 임대 주택에서 살았던 것은 잊어야만 한다. 시골에서 살고 싶으면, 농부의 집에 살며 학교에 다니면서 그가 어떻게 하는지 봐야 한다. 우리는 거주하는 법을 배워야만 한다.

장식과 범죄⁵⁴

인간의 배아는 어머니 뱃속에서 발전의 전 과정을 경험하고, 이 발전은 동물의 발전과 일치한다. 그리고 인간이 탄생하면, 그의 감각적 인상은 갓 태어난 강아지와 똑같다. 인간의 유년기는 인류의 역사와 상응하는 모든 변화를 거친다. 두 살 때 인간은 파푸아인 같고, 네 살 때는 게르만족 같고, 여섯 살이면 소크라테스와 같으며, 여덟 살이면 볼테르 같다. 여덟 살에 아이는 보라색을 인식한다. 이 색은 18세기에 발견되었다. 이전에는 제비꽃은 파란색, 자색 달팽이는 빨간색이라고 불렸다. 물리학자는 오늘날 햇빛 스펙트럼에서 여러 빛을 보여주는데, 이 빛들은 이미 이름이 있지만, 이 빛들을 인식하는 것은 후대 인간의 몫이다.

아이는 비도덕적이다. 우리가 볼 때는 파푸아인도 그렇

---

54 아돌프 로스는 1908년 "장식과 범죄"라는 제목으로 강연을 했고, 원고는 오 년 뒤 프랑스어로 《현대 수첩(Cahiers d'aujourd'hui)》에 실렸다. 1929년 《프랑크푸르트 신문》에 처음 독일어로 출판되었다.

다. 파푸아인은 적을 도살해서 먹어 치운다. 하지만 현대인이 누군가를 도살하고 먹어 치운다면 그는 범죄자 혹은 퇴폐한 인간이다. 파푸아인은 피부에, 보트에, 노에 문신을 하며, 한 마디로 그의 손에 닿은 모든 것에 문신을 한다. 그는 범죄자가 아니다. 문신을 한 현대인은 범죄자이거나 퇴폐한 인간이다. 수감자의 80퍼센트가 문신을 한 감옥이 여럿 있다. 수감되지는 않았지만 문신을 한 사람들은 잠재적인 범죄자이거나 퇴폐한 귀족이다. 문신한 사람이 자유를 누리는 상태에서 죽었다면, 그는 살인을 저지르기 몇 해 전에 죽은 것이다.

자신의 얼굴이나 손에 닿은 모든 것을 장식하려는 충동은 조형예술의 발단일 것이다. 그것은 회화의 옹알이다. 모든 예술은 관능적이다.

최초의 장식은 십자가다. 그것은 태어났다. 그것의 근원은 에로틱하다. 최초의 예술 작품, 최초의 예술가적 행위…… 그것을 최초의 예술가는 자신의 잉여물을 없애기 위해 벽에 문질렀던 것이다. 수평의 선, 이는 누워 있는 여성이다. 수직의 선, 이는 그녀를 꿰뚫는 남성이다. 이를 창조한 남자는 베토벤과 같은 충동을 느꼈다, 그는 베토벤이 9번을 창작했을 때와 같은 하늘 아래 있었다.

그러나 우리 시대의 인간이 내적 충동 때문에 에로틱한 상징으로 벽을 더럽힌다면 그는 범죄자 혹은 퇴폐한 인간이다. 파푸아인과 아이에게서는 자연스러운 것이 현대의 인간에게는 퇴폐 현상이다. 나는 다음과 같은 깨달음을 얻었고 그것을 세상에 선사했다. 즉 문화의 진화란 일용품에서 장식을 제거하는 것과 같은 의미다. 나는 이로써 세상에 새로운 기쁨을 주었다고 생각했지만, 세상은 이것에 대해 내게 감사하지 않았다.

사람들은 슬퍼했고 의기소침했다. 그들의 마음을 괴롭힌 것은 이제 새로운 장식을 창조할 수 없다는 사실이었다. 모든 흑인이 할 수 있는 것, 우리 앞의 모든 민족과 시대가 할 수 있었던 것, 그것을 오직 우리들, 19세기의 인간만이 할 수 없다니! 지난 수천 년 동안 인간이 장식 없이 만들어 냈던 것은 아무렇게나 내던져졌고 파괴되었다. 우리는 카롤링거 왕조 시대의 대패질용 작업대를 갖고 있지는 않지만, 모든 하찮은 것, 가장 형편없는 장식이라도 달린 그런 것들을 수집해 깨끗이 닦고 이런 것을 보관하기 위한 화려한 궁전들을 지었다.

우리는 진열장 사이를 슬프게 지나다니며 우리의 무능력을 부끄러워했다. 매 시대마다 그들의 양식이 있는데, 우리의 시대만 이를 포기해야 한단 말인가?! 사람들이 양식을 장식으로 이해할 때면 나는 이렇게 말했다. 울지 마. 봐, 그게 우리 시대의 위대함을 만드는 거야, 새로운 장식을 만들어 낼 능력이 없다는 게 우리 시대의 위대함이야. 우리는 장식을 극복했고, 고심 끝에 장식을 없앨 결단을 내린 거야. 봐, 그 시대가 가까워졌어. 그것의 실현이 우리를 기다리고 있어. 곧 도시의 거리는 하얀 벽처럼 반짝일 거야! 시온, 성스러운 도시, 하늘의 수도처럼 말이야. 비로소 실현된 거야.

하지만 이를 참지 못하는 검은 악령이 있다. 인류는 앞으로도 계속 장식이라는 노예 제도 안에서 허덕여야 한다. 그러나 인간은 충분히 발전했고, 장식은 인간에게 쾌감을 불러일으키지 못한다. 충분히 발전해서, 문신한 얼굴은 파푸아인에게서처럼 미적 감각을 고양하지 못하고 오히려 떨어뜨렸다. 같은 값의 장식된 담배통은 사지 않고 대신 매끈한 담배통에 기쁨을 느끼게 될 정도로 충분히 발전했다. 인간들은 자신들의 옷에도 행복해했다. 금빛의 엮은 끈으로 장식된 붉은색 벨벳 바지를 입고 마치 축제의 원숭이처럼 이리저리 돌아다니지 않아도 되어 기뻐했다. 그리고 나는 말했다. 봐, 괴테가 죽음을 맞이한 방은 르네상스 양식의 어떤 화려함보다 멋지고, 장식 없는 매끈한 가구들은 상감 세공에 조각을 새겨 넣은 박물관 소장품보다 근사하잖아. 괴테의 언어는 뉘른베르크 문학 그룹 페그니츠셰퍼[55]의 미사여구보다 아름답지.

검은 악령들은 분노하며 이 말을 들었다. 그리고 국가는 민중을 발전 중인 문화에 머물도록 하는 것이 그 임무이기 때문에, 장식의 발전과 재수용을 주요 문제로 삼았다. 국가의 혁신을 관료적 인간들이 책임지는 국가는 저주받으라! 사람들은 빈의 공예 박물관에서 "풍성한 물고기 떼"라고 불리는 찬장을 보기도 했고, "마법에 걸린 공주" 혹은 그와 유사한 다른 이름을 가진 장롱들을 보기도 했다. 이런 이름들은 이 불행한 가구들을 뒤덮은 장식들과 관련이 있다. 오스트리아는 자신의 과제를 정확히 실행하고 있어, 오스트리아 헝가리 제국의 변두리에서 온 양말 대용 발싸개가 사라지지 않도록 애쓰고 있다. 이 국가는 세련된 20세의 모든 남자들에게 편물 양말 대신에 이 발싸개를 신고 삼 년 동안 행군하라고 강요한다! 왜냐하면 결국 모든 국가는 세련된 민중보다는 하층 민중을 지배하기가 쉽다는 전제에서 출발하기 때문이다.

결국 장식 전염병은 오스트리아에서는 국가적으로 인정

---

55 Pegnitzschäfer 또는 der Pegnesische Blumenorden, 페그니츠의 양치기란 뜻으로, 1644년에 설립되어 현재까지 존재하는 뉘른베르크 언어 및 문학 그룹이다. 뉘른베르크에 흐르는 페그니츠 강에서 이 이름이 유래했다.

받아 국비 지원을 받았다. 그런데 나는 이런 점에서 일종의 퇴보를 본다. 장식이 세련된 인간의 삶의 기쁨을 고양한다는 변명을 인정하지 않으며, "그렇지만 장식이 아름답기만 하다면……"이라는 말로 포장된 변명을 인정하지 않는다. 나에게 그리고 나를 포함한 모든 세련된 인간들에게 장식은 삶의 기쁨을 높여 주지 않는다. 나는 후추 과자가 먹고 싶으면 장식이 없는 매끈한 것을 고른다. 하트, 갓난아기 혹은 장식을 주렁주렁 달아 치장한 기사가 그려진 것은 고르지 않는다. 15세기 사람은 나를 이해하지 못한다. 하지만 모든 현대인은 이해할 것이다. 장식을 지지하는 사람들은 간결함을 향한 나의 충동을 고행처럼 생각할 것이다. 아닙니다, 존경하는 공예학교 교수님,[56] 나는 고행하는 게 아닙니다. 나는 그게 더 맛있습니다. 공작, 꿩, 가재를 더 맛있게 보이기 위해 모든 장식을 보여 준 지난 세기의 전시용 요리들은 내게는 반대의 효과를 불러일으켰습니다. 이 박제된 동물 시체를 먹어야 한다고 생각하면 나는 혐오를 느끼며 요리 박람회를 지나치게 됩니다. 나는 로스트비프를 먹습니다.

장식의 부활이 미적 발전에 몰고 올 엄청난 손실과 파괴들은 쉽게 이겨 낼 수 있을 것이다. 왜냐하면 누구도, 또 어떤 국가 권력도 인간의 진화를 막을 수 없기 때문이다! 그저 진화를 좀 지연할 수 있을 뿐이다. 우리는 기다릴 수 있다. 하지만 이를 통해 인간의 노동, 돈, 재료가 파괴되는 것, 그것은 국민 경제에 대한 범죄다. 시간은 이런 손실을 메울 수가 없다.

문화 발전의 속도는 낙오자에게 시달린다. 어쩌면 나는

---

56 로스가 적대시하면서도 존경했던 요제프 호프만을 칭하는 것 같다.

1908년에 살고, 내 이웃은 1900년경에, 저기 저 사람은 1880년에 살고 있을지도 모른다. 국민들의 문화가 지나치게 넓은 시간대에 펼쳐져 있는 것은 국가 입장에서는 불행이다. 칼스 지역의 농부는 12세기에 살고 있다. 기념 축제 행렬[57] 때 우리는 놀랍게도 오스트리아 안에 여전히 4세기 부족이 있다는 것을 경험했다. 지각하는 사람, 낙오하는 사람이 없는 나라는 행복하여라! 행복한 아메리카! 우리나라에는 도시에조차 비현대적인 인간, 18세기에서 온 낙오자가 있다. 그들은 보라색 그늘이 있는 그림을 보고 깜짝 놀란다. 아직까지 보라색을 보지 못했기 때문이다. 이들에게는 요리사가 며칠이나 걸려 요리한 꿩이 더 맛있고, 르네상스 장식으로 치장된 담배통이 장식 없이 매끈한 담배통보다 더 마음에 든다. 그러면 시골은 어떤가? 옷과 집안 가구들은 완전히 옛 스타일이다. 농부는 기독교도가 아니다, 그는 여전히 비기독교도다.

이 낙오자들이 민족과 인류의 문화 발전을 지연한다. 만일 삶에 대해 동일한 필요, 동일한 요구, 동일한 수입을 갖고 있으면서 서로 다른 문화에 속하는 두 사람이 나란히 이웃해서 살 경우, 국민 경제적 관계에서 볼 때, 다음과 같은 과정을 알 수 있다. 즉 20세기의 남자는 점점 더 부유해질 것이며, 18세기의 사람은 점점 더 가난해질 것이다. 나는 이 두 사람이 각자의 성향대로 살 것이라 가정한다. 20세기의 사람은 훨씬 더 적은 돈으로 자기 욕구를 충족할 수 있고, 따라서 절약을 할 수 있다. 그는 입에 맞는 채소를 간단히 물에 삶아 그 위에 약간의 버터를 얹는다. 그러나 다른 사람의 경우, 거기에 꿀과

---

57   1908년의 오스트리아 황제 프란츠 요제프 1세의 재위 60주년 기념 행사

견과류를 참가하고, 누군가가 그것을 몇 시간이고 요리해 줘야 비로소 입에 맞게 된다. 장식된 접시는 아주 비싸다. 반면 현대인이 음식을 맛있게 먹는 하얀 접시는 싸다. 한 사람은 절약을 하고, 다른 사람은 빚을 진다. 온 나라가 이런 식이다. 슬프다, 한 민족이 문화 발전에서 뒤처지다니. 영국인은 점점 더 부유해질 것이고, 우리는 점점 더 가난해질 것이다.

생산적인 민족이 장식 때문에 입는 손해는 훨씬 크다. 장식이 더는 우리 문화의 자연스러운 산물이 아니기 때문에, 즉 뒤처짐이나 퇴화 현상을 드러내기 때문에, 장식가의 작업은 이제 적절한 보수를 받지 못한다. 목공예가와 선반공의 직업 상황, 수놓는 여인이나 레이스 짜는 여인들이 말도 안 되는 저임금을 받는다는 사실은 잘 알려져 있다. 장식가는 여덟 시간 근무하는 현대 노동자의 수입에 해당하는 금액을 벌려면 스무 시간을 일해야만 한다. 장식은 일반적으로 물건의 가치를 높인다. 그럼에도 동일한 재료비에, 세 배나 긴 작업 시간을 거친 장식된 물건이 아무 장식 없는 물건의 반값에 판매되는 사태가 발생한다. 장식의 부족은 결과적으로 작업 시간의 단축과 임금 상승을 가져온다. 중국의 조각공은 열여섯 시간 일하고, 미국의 노동자는 여덟 시간 일한다. 만일 내가 장식 없는 원통형 상자를 장식 있는 원통형 상자 가격으로 산다면, 작업시간의 차이는 노동자의 몫이 된다. 어떤 장식도 필요 없는 상황이 된다면(아마 수천 년 뒤에나 그렇게 되겠지만) 인간은 여덟 시간 대신 네 시간만 일해도 될 것이다. 왜냐하면 오늘날에도 노동의 절반은 장식을 위한 것이기 때문이다.

장식은 노동력의 낭비이며 그로 인한 건강의 낭비다. 늘 그런 식이었다. 그러나 오늘날 장식은 재료의 낭비를 의미하기도 하며, 노동력과 재료의 낭비는 자본의 낭비이기도 하다.

장식이 더는 우리 문화와 유기적으로 연결되지 않는다. 따라서 장식은 이제 우리 문화의 표현이 아니다. 오늘날 만들어진 장식은 우리와 아무 관계도 없으며, 어떤 인간적 관계도 없으며, 세계 질서와 어떤 관련도 없다. 장식은 발전 가능성이 없다. 오토 에크만[58]의 장식은 어떻게 되었는가? 앙리 반 데 벨데는? 그 예술가는 힘과 건강에 넘쳐 항상 인류의 선두에 서 있었다. 그러나 현대 장식가는 낙오자 혹은 병리학적 현상이다. 그의 작품들은 삼 년만 지나면 그 자신에게도 외면당할 것이다. 세련된 인간은 그런 작품들을 당장 견뎌 내지 못하겠지만, 다른 사람들은 몇 년이 지난 뒤에야 이런 참을 수 없는 감정을 알게 될 것이다. 오토 에크만의 작품들은 지금 어디에 있는가? 올브리히의 작업들은 십 년 뒤에 어디에 있게 될까? 현대의 장식은 어떤 부모도 어떤 자손도 없으며, 과거도 미래도 없다. 이 장식들은 세련되지 못한 사람들(이들에게 우리 시대의 위대함은 일곱 개나 봉인이 찍혀 열지 못하게 만든 책이나 마찬가지다.)에게 기쁨으로 맞이되었다가 얼마 뒤에는 부인당한다.

인류는 건강하고, 단지 몇몇 소수만이 병들었다. 그런데 이 소수의 사람들이 노동자에게 폭군 짓을 한다. 아주 건강해서 어떤 장식도 발명하지 않는 노동자에게 말이다. 그들은 이 노동자에게 자신들이 발명한 다양한 장식들을 아주 다양한 재료로 완성하라고 강요한다.

장식의 변화는 결과적으로 노동 생산품의 가치를 조기에 평가절하하게 만든다. 노동자의 시간, 사용된 재료, 이것들은

---

58 Otto Eckmann(1865~1902). 꽃무늬 장식이 특징적인 유겐트슈틸의 대표자

낭비된 생산수단이다. 나는 다음과 같은 법칙을 만들어 냈다. 즉 어떤 물건의 형태가 지속된다면, 다시 말해 그것이 우리한테 오래 괜찮게 여겨진다면, 그 물건은 그만큼 오래 사용된다. 이 법칙을 다시 설명해 보겠다. 즉 양복은 값비싼 모피보다 자주 그 형태가 바뀔 것이다. 여성의 무도회 의상, 단 하룻밤만을 위한 그 의상은 책상보다 훨씬 더 급격하게 형태가 바뀔 것이다. 하지만 여성의 무도회 의상처럼 그렇게 급격하게 책상의 형태가 바뀐다면, 그것은 곤란한 일이다. 왜냐하면 누군가 책상의 구식 형태를 못 견뎌서 무도회 의상만큼 빨리 바꾼다면, 책상에 사용한 돈을 잃게 되기 때문이다.

이는 장식가에게는 잘 알려진 사실이며, 오스트리아의 장식가들은 이런 결함에서 최고의 면을 찾아보려고 한다. 그들은 말한다. "십 년 뒤에는 싫증이 나는 가구를 가진 소비자, 따라서 매 십 년마다 어쩔 수 없이 가구를 다시 장만할 수밖에 없는 소비자가 하나의 물품을 다 쓰고 난 뒤에야 새로 구입하는 사람보다 우리에게는 훨씬 낫다. 산업은 이를 필요로 한다. 수백만 사람들이 이런 급격한 변화를 통해 일자리를 갖게 된다!" 이것이 오스트리아 국가 경제의 비밀인 것 같다. 왜냐하면 불이 날 때 사람들은 다음과 같은 말을 정말 자주 듣기 때문이다. "다행이야, 이제 사람들은 뭔가 다시 할 일이 있어!" 이제 나는 좋은 방법을 안다! 집을 불태우라, 제국을 불태우라, 모든 것이 돈과 복지로 넘칠 것이다. 삼 년 뒤에는 땔감으로 쓸 수 있는 가구들을 만들라, 사 년 뒤에는 녹여 버려야 하는 쇠 장식을 만들라. 경매장에서조차 노동비와 재료비 십분의 일도 얻어 낼 수 없으니 말이다. 그러면 우리는 점점 더 부유해지고 부유해질 것이다.

이 손해는 소비자에게 타격을 줄 뿐 아니라, 특히 생산자에게 타격이 간다. 오늘날 진보 덕분에 장식화를 모면한 물건에 장식을 가하는 것은 노동력의 낭비와 재료의 남용을 의미한다. 만일 모든 물건이 물리적으로 유지되는 만큼 미학적으로도 유지된다면, 소비자는 노동자가 더 많은 돈을 벌고 더 적게 일할 수 있는 그런 가격을 지불할 것이다. 나는 완전히 이용할 대로 다 이용할 수 있다는 확신이 가는 그런 물건이라면, 내가 살지도 모르는 저급한 형태와 재료로 된 다른 물건보다 네 배 높은 가격을 기꺼이 지불한다. 나는 다른 가게에서는 10크로넨에 살 수 있는 장화를 기꺼이 40크로넨을 주고 산다. 하지만 장식가의 독재 아래 허덕이는 제조업에서는 좋은 작품인지 나쁜 작품인지 평가를 매길 수가 없다. 아무도 노동의 진정한 가치를 지불하려 하지 않기 때문에 노동은 해를 입는다.

그러나 괜찮다. 왜냐하면 이런 장식된 물건들은 보잘것없는 작업에서만 그럴듯해 보이기 때문이다. 만약 그저 쓸데없는 허섭스레기만 타고 있다는 소리를 듣는다면, 나는 화재가 났다 해도 무시할 것이다. 나는 빈 미술가협회 부속 미술관인 퀸스틀러하우스에 있는 하찮은 것에 대해 기뻐할 수도 있다. 왜냐하면 며칠 전시되었다가 어느 날 철거될 것을 알기 때문이다. 하지만 조약돌 대신 금 조각을 던지는 것, 지폐로 담뱃불을 붙이는 것, 진주를 가루로 만들거나 마시는 것은 미학적이지 않다.

장식물들이 최상의 재료로, 최고로 신중하게 만들어졌으며 긴 작업 시간을 필요로 했다면, 이것들은 정말 미학적이지 않다. 품질 작업을 우선적으로 추구한 것은 나도 마찬가지다.

장식을 지난 세기의 예술적 잉여의 징후로 여겨 신성시하는 현대인은 현대 장식품의 불안한 특성, 힘겹게 쟁취된 특성, 병적인 특성을 곧바로 인식할 것이다. 현재 우리의 문화 단계에 살고 있는 사람에 의해서 더는 어떤 장식도 탄생하지 않을 것이다. 이 단계에 아직 도달하지 않은 인간과 민족들과는 다르다.

나는 귀족에게 호소한다, 인류의 선두에 있으나 낮은 곳에 있는 사람들의 갈망과 궁핍에 깊은 이해를 지닌 사람들에게 호소한다는 말이다. 옷감의 올을 풀 때만 드러나는 장식을 일정 리듬에 따라 옷감에 장식하는 남아프리카의 부족인 카피르족, 양탄자를 짜는 페르시아 사람, 레이스를 짜는 슬로바키아의 농부 여인, 유리구슬과 비단으로 멋진 코바늘 뜨개질을 하는 늙은 숙녀, 이들을 귀족은 정말 잘 이해한다. 귀족은 이들을 내버려 둔다, 이렇게 일하는 것이 그들의 성스러운 시간임을 아는 것이다. 혁명가는 가서 말할 것이다. "그건 무의미한 짓이요." 그러고는 늙은 노처녀를 성자상이 새겨진 기둥에서 떼어 내면서 말할 것이다. "신은 없어요." 하지만 귀족 중의 무신론자는 교회 앞을 지나갈 때 모자를 살짝 들어 올려 인사할 것이다.

내 구두는 온통 톱니 모양과 구멍으로 장식되어 있다. 이 일은 구두장이가 했지만, 그는 보수를 받지 못했다. 나는 구두장이에게 가서 말한다. "신발 값으로 30크로넨을 부르시는군요. 40크로넨 지불하겠습니다." 이렇게 해서 나는 이 남자를 황홀하게 만들 것이다. 이런 황홀경에 대해 그는 초과로 지불한 돈과는 비교할 수 없이 귀한 작업과 재료로 내게 감사를 표할 것이다. 구두장이는 행복하다. 그의 집에 이런 행운은 아주 드물게 찾아온다. 여기 구두장이의 앞에 서 있는 한 남자가 구두장이를 이해한다, 그는 구두장이의 노동의 진가를 인정하고, 구두장이의 진심을 의심하지 않는다. 구두장이의 머릿속에는 벌써 완성된 구두가 있다. 그는 지금 최상품 가죽이 어디에 있는지 알고 있으며, 어떤 작업자에게 구두를 맡길 것인지를 안다. 그리고 구두에는 톱니 모양과 점이, 우아한 구두에만 사용될 많은 것들이 새겨질 것이다. 그런데 이제 나는 말한다. "하지만 조건이 하나 있어요. 신발은 장식 없이 아주 매끈해야 합니다." 이때 나는 구두장이를 최고의 기쁨에서 지옥으로 끌어내렸다. 그의 일은 줄었지만, 내가 그의 모든 기쁨을 빼앗은 것이다.

나는 귀족들에게 호소한다. 나는 장식이 나의 이웃들에게 기쁨을 준다면 그것을 착용하겠다. 그들은 내 기쁨이다. 나는 카피르족, 페르시아인, 슬로바키아 농부 여인의 장식을, 내 구두장이의 장식을 참아 내겠다. 왜냐하면 그들은 자기 존재의 최고점에 도달하기 위한 다른 방법이 없기 때문이다. 우리에게는 예술이 있다. 이 예술이 장식을 없애 버렸다. 하루의 일과 수고 뒤에 우리는 베토벤이나 「트리스탄」[59]을 들으러 간다. 나의 구두장이는 그것을 할 수 없다. 나는 그의 기쁨을 빼앗으면 안 된다. 내가 그 기쁨의 자리에 다른 것을 채워 넣어 줄 수가 없기 때문이다. 하지만 양탄자의 무늬를 그리기 위해 9번 교향곡을 들으러 가서 앉아 있는 사람은 허풍쟁이거나 퇴폐한 사람이다.

장식의 결여는 다른 예술들을 예상치 못한 정점으로 올려 주었다. 베토벤의 교향곡들은 비단, 벨벳과 레이스로 치장하

---

59 바그너의 오페라 「트리스탄과 이졸데」(1865년 초연)를 가리키는 듯하다.

고 다니는 사람에 의해서는 절대 작곡될 수 없을 것이다. 오늘날 벨벳 재킷을 입고 돌아다니는 사람은 예술가가 아니라 바보 멍텅구리이거나 칠장이일 것이다. 우리는 더욱 섬세하고 민감해졌다. 우매한 민중은 다른 색깔로 자신들을 서로 구분해야 했다. 현대인은 가면으로서의 옷을 필요로 한다. 그의 강력한 개성은 이제 옷 쪼가리로 표현할 수 없다. 장식이 없는 것은 정신적 힘의 표시다. 현대인은 예전의 문화와 낯선 문화의 장식을 자신의 뜻대로 사용할 뿐이다. 그는 다른 것을 발명하는 데 전념한다.

울크에게
당신이 「장식과 범죄」를 조롱했을 때(1910)

친애하는 울크!

자네에게 말하건대, 궁정 도배공 슐체나 반 데 벨데 교수가 치장한 작은 방의 설비가 형량을 가중한다고 생각할 날이 올 것이네.

장식과 교육
설문에 대한 답(1924)

존경하는 교수님!

보내신 질의서가 적절한 때에 도착했습니다.

침묵해야만 하는 진실이 있습니다. 돌밭에 씨를 뿌리는 건 낭비입니다. 그래서 저는 이 말을 하는 데 이십칠 년이나 주저했습니다. 그런데 이제 당신의 질의서를 통해 이 말을 하는 게 가능해졌습니다.

우리 제도 수업 개혁은 시작 시점부터 제 마음속에 분노를 일으켰습니다. 하지만 인류는 다시 자각한 것 같습니다. 프랑스의 고전주의를 보면 그렇습니다. 그러니 이제는 말할 때입니다.

교육이란 인간을 원시 상태에서 나오게 돕는 것입니다. 인류의 발전은 수천 년을 필요로 했습니다. 그것을 모든 아이들은 따라잡아야만 합니다.

부모나 이모들뿐만 아니라 우리도 모든 아이들이 천재라는 사실을 알고 있습니다. 파푸아인의 천재성, 그러니까 여섯 살 아이의 천재성은 오늘날 인류에게는 쓸모가 없습니다. 현대 제도 수업의 목적은 무엇입니까? 뻔뻔스러운 종족의 배출입니다. 이들은 예술 작품 앞에 서서, 이런 것은 학교에서도 한다며 당당히 주장합니다. 당당히, 저는 심각한 문제 아동과 천재를 말하는 겁니다. 이런 현대적 방식의 결과를 보고 자녀의 예술적 소질을 믿을 부모가 몇 명이나 되겠습니까?!

그리고 미래의 지도 제작자나 명함 석판화가로서 훌륭한 역량을 발휘할 만한 정확한 제도사를 길러 낸 옛 방식이 건축가의 파멸에 몇 배나 책임이 있지 않습니까? 반면 진정한 건축가는 아무것도 그리지 않는 사람, 그러니까 선으로 자기 정신 상태를 표현할 수 없는 사람을 말합니다. 그가 제도라고 부르는 것은 이를 실행할 수공업자를 이해시키려는 시도입니다.

저는 목욕물을 버리려다 아이까지 버리는 짓은 안 할 겁니다. 현대적 제도 수업에는 인정할 만한 것도 많이 있습니다. 일용품을 그 특성에 맞게 그리는 것은 장래의 소비자에게 그리고 우리 문화 발전에 큰 도움이 됩니다. 자연의 생산물을 그리는 건 쓸데없다고 생각합니다. 미래의 양식업자, 연구자 등은 일용품에 관한 유익한 교훈을 곤충에게도 적용할 수 있을 겁니다. 숲이 나뭇잎에 대한 정확한 지식을 요구함으로써 인간의 기분을 망치지는 않겠지요. 기억을 스케치하는 일이 아주 중요하다는 건 말할 필요도 없습니다. 단지 모호한 전체 인상보다 정확한 디테일에 좀 더 신경 써야 합니다.

존경하는 교수님, 면밀히 검토하신 교수님의 질문서 덕분에 오랫동안 마음속에 품던 것을 쓸 수 있게 된 데 감사드립니다.

늘 경의를 표하는 아돌프 로스

I. 현대 인간은 장식을 필요로 할까요?

현대의 인간, 현대의 신경을 가진 그에게는 장식이 필요 없습니다. 그 반대입니다. 그는 장식을 싫어합니다. 우리가 현대적이라고 말하는 모든 사물에는 장식이 없습니다. 우리의 옷, 기계, 가죽 제품, 일상에서 사용하는 모든 물건들에는 프랑스 혁명 이후 더는 장식이 없습니다. 여성이 사용하는 물건은 예외입니다. 하지만 이는 별개의 문제입니다.

제가 문화가 없는 사람들이라 부르는 인류의 일부, 즉 건축가들에게 종속된 물건에만 장식이 있습니다. 건축가의 영향 아래에 있는 일용품은 어디에서 생산되건 시대에 맞지 않습니다, 비현대적이죠. 현대적 건축가의 영향 아래 있다 해도 마찬가지입니다.

개개인은 형태를 만들어 낼 수 없고 건축가도 그렇습니다. 그런데 건축가는 이 불가능한 일을 늘 반복해서 시도하는데 결과는 늘 부정적입니다. 형태 혹은 장식은 문화 영역 전반에서 인간이 무의식적으로 행한 모든 작업의 결과입니다. 모든 다른 것은 예술입니다. 예술은 천재의 고집입니다. 신이 그에게 그 사명을 맡겼습니다.

일용품에 예술을 허비하는 것은 세련되지 못한 일입니다. 장식은 과잉 작업을 의미합니다. 이웃에게 과잉 작업을 부과했던 18세기의 사디즘을 현대인은 모릅니다. 원시족의 장식은 더더욱 모릅니다. 그 장식은 철저히 종교적이고, 관능적인 상징을 띠며, 그 유치함을 근거로 예술과 구분됩니다.

장식 없음은 매력 없음이 아니라 새로운 매력이며 생기가 넘칩니다. 덜컹대지 않는 물방아가 방앗간 주인을 깨웁니다.

II. 비문화의 표현인 장식이 삶에서 특히 학교에서 멀어져야만 할
까요?

장식은 저절로 사라집니다. 학교는 인류가 존재한 이래
쉬지 않고 계속했던 그 자명한 과정에 개입하면 안 됩니다.

III. 장식이 필요한 경우가 있을까요?(실용적, 미학적 혹은 교육
적 목적을 위하여)

그런 경우가 있습니다. 실용적 목적으로서의 장식은 사용
자(소비자)와 생산자(제작자)의 문제입니다. 다만 소비자가 일
차적이고 생산자는 이차적입니다.[60]

심리적으로 볼 때, 사실 장식은 노동 당사자의 노동의 단
조로움을 덜어 주기 위함일지도 모릅니다. 매일 여덟 시간 귀
가 먹먹해지는 공장 소음 속에서 직조기 앞에 서 있는 여인은
가끔씩 알록달록한 실이 도르르 말리면 그것을 기쁨으로, 그
렇습니다, 해방으로 느낍니다. 알록달록한 실은 장식을 만들
어 냅니다. 우리 현대인 중 누가 다채롭고 계속 바뀌는 옷감의

---

60 나는 소비자와 생산자 간의 오해는 독일인의 책임이라 생각한다. 독일인은 전
체가 요구하는 모든 형태를 생산하라고 생산자를 압박하는 인류의 공동 의지에
대해 아무것도 모른다. 그는 생산자가 자신의 형태를 강요한다고 생각하여, 유
행의 전제 정치에 대해 말한다. 자신의 노예근성 탓에 억압받는다고 느껴, 자신
에게 가해진 것을 세상에 돌려주려 한다. 독일인은 독일적 유행을 창조하기 위
해 단체를 결성하는데(빈의 공방과 독일 공작연맹을 이미 갖고 있다. 인류에게
자신의 형태 의지를 강요하기 위해서다. 세상은 독일적 존재에서 건강을 회복
해야 한다. 세상은 그래야만 하지만, 그러려고 하지 않는다. 세상은 스스로 자기
삶을 형상화하려 하고, 그 어떤 생산자협회로부터 강요받지 않으려 한다. 이런
생산자 귀족이 독일 사회 민주주의로 하여금 노동자도 소비자로 봐야 한다는
사실을 잊게 만든다. 왜냐하면 주급 액수보다는 노동자가 자신의 주급으로 무
엇을 살 수 있는가를 연구하는 것이 중요하기 때문이다.(저자 주)

무늬를 비현대적으로 느끼겠습니까?

그런 장식을 고안하는 사람들을 공장 경영에서는 패턴 도안가라고 부릅니다. 하지만 이들은 장식을 고안하지 않고, 유행과 주문에 따라 조합합니다. 학교는 미래의 도안가를 고려할 필요가 없습니다. 그들은 스스로 발전합니다.

이십육 년 전 저는 인류의 발전과 함께 일용품의 장식은 사라질 거라고, 발전은 끊임없이 확고하게 진행되어, 일상어에서 마지막 음절의 모음이 사라지듯 그렇게 자연스러울 것이라고 주장했습니다. 그렇다고 장식은 체계적으로 철저하게 사라져야 한다며 불합리한 논증을 했던 순수주의자들과 절대 같은 생각이 아니었습니다. 다만 그곳에, 장식이 언젠가는 시대의 필요에 따라 없어질 그곳에 다시 장식을 가져올 수는 없다는 말입니다. 인간이 절대 얼굴에 문신하는 일을 되풀이하지 않듯 말입니다.

일용품은 그 재료가 지속됨으로써 생명이 유지되며, 그것의 현대적 가치는 견고성입니다. 제가 일용품을 장식으로 잘못 이용한다면, 저는 물건의 수명을 단축하는 겁니다. 왜냐하면 일용품은 유행에 굴복당하면 일찍 죽을 수밖에 없기 때문입니다. 이렇게 재료를 죽이는 것에 대해서는 여성의 변덕과 공명심만이 그 책임을 질 수 있습니다. 왜냐하면 장식은 여성에게 헌신하며 영원히 살아남기 때문입니다. 옷감이나 도배지처럼 내구성이 제한된 일용품은 유행을 타기 때문에 장식적이 됩니다.

현대의 사치도 장식성보다는 순수함과 가치를 선호합니다. 그래서 장식은 더 이상 미학적으로 평가받을 수 없습니다. 그러나 여성의 장식은 근본적으로 미개한 사람들의 장식과 같으며, 성적인 의미가 있습니다.

그럼 우리 시대의 정직하고 살아남을 만한 장식 중에서 학교 과제로 남길 만한 것은 무엇일까요?

우리의 교육은 고전적인 교육에 바탕을 두고 있습니다. 건축가는 라틴어를 배운 벽돌공입니다. 하지만 현대 건축가들은 오히려 에스페란토어를 쓰는 사람에 가까운 것 같습니다. 제도 수업은 고전적인 장식을 출발점으로 삼아야 합니다.

고전적인 수업은 언어와 국경이 다름에도 서양 문화의 공통성을 만들어 냈습니다. 고전적인 수업을 포기한다는 것은 이러한 마지막 공통성을 파괴하는 것입니다.[61] 따라서 고전적인 장식을 장려할 뿐만 아니라, 원주의 배열과 개성 발휘에 몰두해야 합니다.

루브르 파사드를 만든 페로는 의사였습니다. 그는 당대 모든 건축가를 물리치고 루이 14세의 건축 공모에 당선되었습니다. 그런 경우는 상당히 드물지만, 모든 사람은 소비자로서 일생을 건축과 관계 맺습니다.

고전적인 장식은 제도 수업에서는 문법과 같은 역할을 합니다. 벌리츠 방식[62]으로 라틴어를 가르치는 것은 아무 의미

---

61   놀랍게도 얼마 전 파리 철학과 학장인 브뤼노가 고전 정신의 가치를 부정하고 현대적인 것을 주장했다. 그러나 가장 현대적인 나라 미국은 대통령인 캘빈 쿨리지를 통해 긴 연설문에서 고전적인 교육을 옹호했고, 이 연설을 프랑스어로 번역한 에드몽 드 폴리냐크 왕자는 파리 대학에 여행 장학 제도를 설립해서 학생들이 사 개월간 그리스에 머물게 해 주었다.(저자 주)

62   막시밀리안 델피니우스 벌리츠(Maximilian Delphinius Berlitz, 1852~1921)는 독일 출신의 미국 언어 교육자로, 벌리츠 언어학교를 세웠다. 벌리츠 방식(Berlitz Method)이란 모국어를 사용하지 않고 외국어를 자연스럽게 사용하는 것을 원칙으로 하는 직접 교수법의 일종이다.

가 없겠지요. 우리가 우리 영혼, 우리 사고를 교육할 수 있는 것은 라틴어를 비롯한 모든 문법 덕입니다. 고전적 장식은 우리 일용품의 형태를 만드는 일을 도와주며, 우리와 우리의 형태를 키우며, 인종적·언어적 차이에도 불구하고 형태들과 미학적 개념들이 공통점을 갖게 합니다.

그리고 고전적 장식은 우리 삶에 질서를 줍니다. 소용돌이무늬(정확한 톱니바퀴! 장미꽃의 장식무늬), 정확하게 중심 파내기, 아주 제대로 깎은 연필도!

IV. 이 문제들을 학교 수업에서 타협 없이 일반적으로 해결할 수 있겠습니까, 아니면 문화 발전의 다양한 단계 속에서 점진적인 발전과 변화가 일어날 거라고 기대해야만 합니까?(도시/시골, 아이/어른, 건축, 기계, 농업, 무역 산업, 소규모 가내 수공업 등)

모든 아이들은 동등한 교육을 받아야만 합니다. 특히 도시와 시골 사이에는 어떤 차별도 있어서는 안 됩니다. 수공업은 시골 여성의 삶에 꼭 필요합니다. 하지만 도시의 여성에게도 수공업은 가끔 집안의 경제 활동을 할 때 유익한 기분 전환이 됩니다. 제도 수업이 민족주의적인 농부의 기술이나 도시 여성의 최신 유행품에 묶이지 않길 바랍니다. 농촌에서는 전통이, 도시에서는 유행이 기술과 형태를 결정합니다. 이것을 농부의 낭만주의가 갖는 민족적 고유함이라 생각하는 사람, 그는 나를 따르기 바랍니다. 제도 교사는 그저 도자기 가게의 코끼리처럼 서투른 짓을 할 겁니다.

그러나 진보는 응용된 기술의 모든 형태를 실행하라고 강요합니다.

문화의 변질
《트로츠뎀》(1931)

영국식 삶과 거주에 관한 유익한 책 시리즈를 우리에게 선사한 헤르만 무테지우스[63]는 독일 공작연맹의 목표를 설명해 주었고, 이 조직의 존재 이유를 정당화하려고 했다. 목표는 좋다. 하지만 바로 이 독일 공작연맹은 그 목표들을 절대 성취하지 못할 것이다.

바로 그 독일 공작연맹은 그렇게 못할 것이다. 이 연맹의 회원들은 우리의 현재 문화를 다른 문화로 바꾸려는 그런 사람들이다. 그들이 왜 이런 짓을 하는지 나는 모른다. 하지만 그들이 이 목표를 달성하지 못하리라는 것은 안다. 아직 그 누구도 굴러가는 시대의 바큇살 안으로 그 굼뜬 손을 집어넣어 바퀴를 멈추려고 시도한 적은 없다. 그 손이 찢어지지 않은 채로는 말이다.

우리는 우리의 문화, 그 안에서 우리의 삶이 진행되는 우리의 형식들이 있으며, 우리로 하여금 이 삶을 가능하게 해 주

---

63 Herman Muthesius(1861~1927). 독일 현대 건축의 선구자

는 일용품이 있다. 어떤 인간, 또 어떤 연맹도 우리에게 우리의 장롱, 담뱃갑, 장신구를 만들어 주지 않았다. 시대가 우리에게 그것을 만들어 주었다. 이것들은 해마다, 날마다, 시간마다 달라진다. 왜냐하면 매 시간 우리는 우리 자신을, 우리의 관점을, 우리의 습관을 바꾸기 때문이다. 그리고 이를 통해 우리의 문화도 바뀐다. 하지만 공작연맹의 사람들은 원인과 효과를 혼동한다. 우리는 목수가 의자를 이렇게 혹은 저렇게 만들었기 때문에 그렇게 앉지 않는다. 오히려 우리가 이렇게 혹은 저렇게 앉으려 하기 때문에, 목수는 의자를 그렇게 만든다. 따라서(우리의 문화를 사랑하는 어떤 사람에게는 기쁘게도) 공작연맹의 활동은 효력이 없다.

독일 공작연맹의 목표를 무테지우스는 두 가지로 요약했다. 즉 노동 품질 향상과 우리 시대 양식의 창조이다. 이 두 목표는 사실은 하나의 목표이다. 왜냐하면 우리 시대의 양식으로 작업하는 사람은 좋은 작업을 하기 때문이다. 우리 시대의 양식으로 일하지 않는 사람은 성의 없고 품질이 떨어지는 작업을 한다. 그것은 정말 그렇다. 왜냐하면 나쁜 형식(우리 시대의 양식에 부합하지 않는 형식을 나는 이렇게 부른다.)은 만일 그 양식이 곧 사라질 것이라는 느낌을 갖는다면 타협적으로 일하기 때문이다. 하지만 그 잡동사니가 영원성을 위해 만들어졌다면, 그것은 두 배나 불쾌한 인상을 준다.

공작연맹은 우리 시대의 양식이 아닌 물건들을 영원성을 위해 만들려 한다. 그것은 나쁜 일이다. 하지만 무테지우스는 독일 공작연맹과의 협업을 통해 우리 시대의 양식이 찾아질 것이라고 한다.

이는 불필요한 작업이다. 우리는 우리 시대의 양식을 갖고 있다. 우리는 그곳에, 예술가들, 즉 아직은 공작연맹 회원이 참견하지 않은 그곳에 우리 시대의 양식을 갖고 있다. 십년 전 이 예술가들은 새로운 분야를 정복하려 했고, 가구 분야를 서서히 망하게 한 뒤에는 의상 분야를 장악하려 했다. 당시 아직 설립되지 않았던 연맹의 회원들은 분리파에 속해 있었다. 그들은 스코틀랜드 천에 벨벳 커프스를 댄 연미복을 입었고, 세운 깃 안에는 판지를 넣었다.(이는 《베르 사크룸》[64]의 표식이다.) 검은 비단을 씌운 이 깃은 목을 넥타이로 세 번 감았다는 착각을 불러일으킨다. 나는 이 문제에 대해 강력한 논조의 글들을 써서 재봉 작업장 및 제화 작업장의 신사분들을 몰아냈고, 또한 아직 예술가들에 전염되지 않은 작업장들을 요청한 적 없는 습격으로부터 구해 냈다. 이런 문화, 예술적 노력에 정말 고분고분 따랐던 양복 장인은 버림받았고, 그의 고객이었던 신사들은 유명한 빈 양복점의 정기 회원이 되었다.

사람들은 우리의 가죽 제품이 우리 시대 양식이라는 사실을 부정하려 들까?! 그리고 우리의 식기와 유리잔도?! 우리의 욕조와 미국식 세면대도?! 우리의 공구와 기계들도?! 모든 것(재차 말하는지도 모르지만) 모든 것을 그렇게 할 것이다, 예술가들의 손에 넘어가지 않은 모든 것을!

이런 것들은 아름다운가? 나는 이것에 대해서는 묻지 않겠다. 그것들은 우리 시대의 정신 안에 있고 따라서 옳다. 그것들은 절대 다른 시대에 억지로 짜 맞춰질 수도 또 다른 민족에 의해 사용될 수도 없을 것이다. 따라서 그것들은 우리 시대의 양식을 갖고 있다. 그리고 오스트리아에 살고 있는 우리는

---

64 Ver Sacrum. 빈 분리파의 잡지

이러한 것들이 영국을 제외한 지구상의 그 어떤 나라에서도 그와 똑같이 우수한 품질로 생산되지 않는다고 당당하게 확신하며 평가한다.

하지만 나는 얘기를 계속해 보겠다. 나는 장식이 없고 쉽게 구부러지며 정확하게 만들어진 담뱃갑이 예쁘다고 생각하며, 이 담뱃갑은 내게 내적이며 미학적인 만족을 주지만, 반면 공작연맹에 속한 어떤 작업장(아무개 교수의 디자인)에서 만든 담뱃갑은 끔찍하다고 거리낌 없이 말할 수 있다. 그리고 그런 공장에서 만든 은 손잡이의 지팡이를 든 사람은 내 눈에는 신사가 아니다.

문화화된 국가에서 우리 시대의 양식(독일 공작연맹이 앞으로 찾으려는 그 양식)으로 만들어진 물건들은 대충 계산하면 90퍼센트 정도 된다. 나머지 10퍼센트(우리 가구공의 작업도 여기에 속하는데)를 우리는 예술가들 때문에 잃어버린다. 물론 이 10퍼센트는 다시 찾을 수 있다. 우리 시대의 양식 안에서 느끼고 생각하기만 하면 된다. 나머지는 저절로 된다. 우리는 현대인을 위해 한스 작스[65]의 글을 다음과 같이 바꿀 수 있다. 시대, 시대가 그들을 위해 노래했다.[66]

십 년 전, 내가 카페무제움[67] 공사를 맡았던 시기에 빈의

65　Hans Sachs(1494~1576). 독일 뉘른베르크 출신의 구두장이, 격언시인, 직장가인, 드라마 작가.

66　한스 작스의 시구 "봄, 봄이 그들을 위해 노래했다."를 변형한 것이다.

67　Café Museum. 빈 시내 오퍼른가세 7번지에 있는 커피숍으로, 1899년 문을 열자 곧 당대 빈 예술가들의 인기 있는 모임 공간이 되었다. 아돌프 로스가 실내 건축을 맡았다.

독일 공작연맹을 대표했던 요제프 호프만[68]은 암 호프에 있는 아폴로 양초 회사 판매점의 내부 설계를 맡았다. 사람들은 이 작업을 우리 시대의 표현이라고 칭찬했다. 그러나 지금 더는 그런 말을 하지 않을 것이다. 십 년간의 시간은 그것이 틀렸다는 사실을 우리에게 보여 준다. 따라서 앞으로 십 년 뒤 우리는 이런 방향의 현재 작업들이 우리 시대의 양식과는 전혀 일치하지 않는다는 것을 명확히 알게 될 것이다. 물론 카페 무제움이 완성된 이후, 호프만은 실톱으로 세공하는 것은 포기했고, 구조 기술 면에서는 내 작업과 유사성을 보였다. 그러나 그는 여전히 이상한 착색제, 스텐실과 상감을 이용한 장식으로 자신의 가구를 더 아름답게 할 수 있다고 생각한다. 그러나 현대인은 문신한 얼굴보다는 문신하지 않은 얼굴을 더 아름답다고 생각한다. 미켈란젤로가 문신을 새겼다고 해도 말이다. 그리고 침대 옆 협탁에도 같은 의견을 갖고 있다.

우리 시대의 양식을 발견하기 위해 우리는 현대인이 되어야만 한다. 하지만 이미 우리 시대의 양식으로 만들어진 사물들을 바꾸려고 하거나, 우리 시대의 양식을 다른 형식으로 대신하려고 하는 사람들(나는 식기에만 눈길을 돌린다.)은 우리 시대의 양식을 깨닫지 못했다는 것을 보여 준다. 그들은 쓸데없이 이 양식을 찾으려 한다.

그러나 특히 현대인은 예술을 일용품과 결합하려는 것을 예술에 행하는 최악의 굴욕이라 생각한다. 괴테는 현대인이었다. 나는 그의 말이 그립다. 그와 베이컨과 러스킨, 솔로몬

---

68 Joseph Hoffmann(1870~1956). 오스트리아 건축가. 빈 제체시온(빈 분리파)과
    빈 공방(Wiener Werkstätte)을 설립한 인물이다.

왕의 말은 쿤스트샤우의 벽에 적혀 있다. 특히 괴테의 말은 그의 직접적인 지시 때문에 그곳에 없어서는 안 된다. 괴테는 말했다. "예술, 고대인에게는 바닥을 만들어 주었고, 기독교도에게는 교회 천정을 아치로 만들어 주었던 그 예술은 이제 깡통과 팔찌에 흩뿌려져 있다. 이 시대는 우리가 생각하는 것보다 훨씬 나쁘다."

포톰킨[69]의 도시
《베르 사크룸》(1898. 7.)

러시아 예카테리나 여제의 총아, 교활한 표톰킨이 우크라이나에 세웠던 그 마을들을 모르는 사람이 있을까? 아마포와 판지로 만든 마을. 여왕의 눈을 위해 황무지를 꽃피는 풍경으로 바꾸어야 하는 과제를 가진 그 마을들. 근데 그 영악한 재상이 온 도시를 만들어 냈다고, 그것도 완전무결하게?

아마 러시아라서 가능한 것이리라!

포톰킨의 도시, 내가 여기서 말하려고 하는 도시는 우리의 사랑하는 도시 빈이다. 이건 심각한 비난으로, 나도 이런

---

69 Grigory Aleksandrovich Potëmkin(1739~1791). 러시아의 육군 장교, 정치가. 이 년 가까이 예카테리나 2세의 연인이었으며 십칠 년 동안 러시아 제국에서 가장 막강한 세력을 행사했다. 그는 우크라이나 대초원 지대의 식민지화라는 거대한 계획을 실행했지만, 계획 대부분을 반쯤 끝났을 때 포기해야만 했다. 그럼에도 1787년 예카테리나가 남부 지역을 순회할 때 그는 행정의 취약점을 모두 위장함으로써 의기양양해했다. 여기에서 예카테리나가 지나갈 때 보이는 곳에 인공적인 마을을 세웠다는 이야기가 나돌게 되었다. 이후 '포톰킨 마을'은 초라하거나 바람직하지 못한 상태를 은폐하기 위해 꾸며낸 겉치레를 나타내는 말이 되었다.

말을 하는 게 힘들다. 왜냐하면 이런 비난을 하려면 이 말을 들어 줄 아주 예민한 정의감을 가진 사람이 필요한데, 유감이지만 우리 도시에서는 이런 사람은 정말 찾아보기 어렵기 때문이다.

실제의 자신보다 높아지기 위해 애쓰는 사람은 허풍쟁이이며, 이런 태도 때문에 아무도 손해를 입지 않았다면 전반적인 경멸을 받기도 한다. 하지만 누군가 가짜 돌과 다른 모조품을 통해 실제보다 높은 효과를 얻으려고 한다면? 이런 효과에 허풍쟁이와 같은 운명을 부여하는 그런 나라들이 있다. 그러나 빈에는 아직 그런 준비가 되어 있지 않다. 소수만이 이곳에 비도덕적인 태도, 속임수가 있다는 느낌을 가질 것이다. 그리고 사람들은 회중시계의 가짜 줄, 순전히 모방으로 이뤄진 실내 장식들만을 통해서뿐만 아니라, 집 자체, 즉 집 건물을 통해 이런 효과를 얻으려 한다.

빈의 링슈트라세를 어슬렁어슬렁 걷다 보면, 늘 현대의 어떤 포툠킨이 과제를 완성하려 들었다는 기분이 든다. 즉 아주 고상한 어떤 도시에 와 있다는 믿음을 주려는 과제 말이다.

르네상스 시기 이탈리아가 귀족의 저택에 지었던 것도 늘 표절되었다. 서민들의 폐하께 노이빈[70]을 보여 드리기 위해서였다. 그러나 여기에는 호화 저택 전체를 주춧돌부터 대들보까지 혼자 차지할 수 있는 사람들만이 거주할 게다. 1층에는 마구간, 천장이 낮은 중간층에는 고용인들의 방, 층고가 높고 건축 예술적으로 풍요롭게 제작된 2층에는 연회장, 그리고 그 위에는 거실과 침실이 있다. 빈의 집주인은 이런 호화 주택

---

70 노이빈(Neu-Wien)은 빈의 한 지역으로 1853년 도시 확장을 위해 조성되었다.

을 소유하는 것이 아주 마음에 들었고, 세입자는 그런 주택에서 사는 것이 좋았다. 맨 꼭대기 층에 방 한 칸과 골방을 빌릴 뿐인 평범한 사람한테도 그런 건물을 밖에서 바라볼 때면 귀족풍의 화려함과 영주의 위엄 같은 것이 엄습했다. 번쩍이는 유리로 된 가짜 다이아몬드의 소유자도 탐을 내지 않겠는가? 오, 사기당한 사기꾼보다도 한 수 위다!

사람들은 이의를 제기할 것이다. 내가 빈 사람들이 나쁜 의도를 가졌다고 모함한다고 말이다. 하지만 그들은 그렇게 집을 지어서는 안 됐다. 나는 건축 예술가들을 옹호해야만 한다. 왜냐하면 각각의 도시에는 당연히 건축가들이 있기 때문이다. 입찰과 문의가 건축 형식을 규정한다. 대중의 요청에 가장 적합한 건축가가 제일 많이 건물을 짓게 된다. 가장 유능한 건축가는 그런 주문 하나 받지 못한 채 삶과 작별할지도 모른다. 그러나 다른 건축가들은 많은 추종자를 얻게 될 거다. 그리고 사람들은 그렇게 집을 짓는다. 왜냐하면 그런 것에 익숙하기 때문이다. 주택 투기꾼은 건물의 전면을 위에서 아래까지 매끈하게 짓는 걸 좋아할 거다. 그게 제일 비용이 적게 든다. 이때 그는 가장 진실하고, 가장 올바르며, 가장 예술적으로 행동할지도 모른다. 그러나 사람들은 그 집에 입주하려 들지 않을 것이다. 임대를 위해 집주인은 여기, 바로 이 전면만 못질을 할 수밖에 없다.

그렇다, 못질이 된다! 왜냐하면 이 르네상스 양식과 바로크 양식의 주택들은 겉으로 보이는 그 재료로 지어지지 않았기 때문이다. 그 집들은 때로는 로마와 토스카나 지역의 호화주택처럼 돌로 지어졌다고도 하고, 때로는 빈의 바로크 양식 건물처럼 석고로 지었다고 거짓 주장되기도 한다. 절대 아니다. 그 집들의 장식적인 세세한 부분들, 까치발 모양으로 튀어 나온 들보, 과일 화관, 장식 테두리와 톱니 모양들은 못으로 박힌 시멘트 조형물이다. 이번 세기에 사용되기 시작한 이런 기술도 분명 이용 가치는 있다. 그러나 이러한 기술이 사용하기 쉽다는 이유로만 형식에 적용되는 것은 아니다. 형식은 특정 재료의 성질과 밀접한 관계 아래서 만들어진다. 이제 예술가의 과제는 새로운 재료를 위해 새로운 형식 언어를 찾는 것일 게다. 모든 다른 것은 모조품이다.

　최근 건축 시기를 지내는 빈 사람에게 그것은 전혀 문제가 되지 않았다. 그런 최소한의 재료로 모범이 될 만한 값비싼 재료를 모방할 수 있다는 사실에 기뻐하기조차 했다. 그는 진정한 벼락부자로서 다른 사람들이 이런 사기를 눈치채지 못한다고 생각했다. 벼락부자는 늘 그렇게 생각한다. 그가 걸친 가짜 셔츠, 가짜 모피, 모든 모조품에 대해, 그는 이것들이 그 목적을 완벽하게 행한다고 확실히 믿는다. 그보다 위에 있는 사람들, 벼락부자의 수준을 이미 넘어선 사람들, 즉 뭔가 알아가고 있는 사람들만이 쓸데없는 노력을 비웃는다. 그리고 시간이 지나면서 벼락부자도 눈을 뜬다. 그는 자신이 이전에 진짜라고 여겼던 이런저런 것을 친구들한테서 본다. 그러면 그는 풀이 죽어 그것들을 포기한다.

　가난은 수치가 아니다. 모든 사람이 봉건 영주의 저택에서 태어날 수는 없다. 그러나 자신의 이웃에게 그런 체하는 것은 우스꽝스러우며 비도덕적이다. 여러 다른 사람들, 즉 우리와 동일한 사회 계층에 있는 사람들과 함께 한집에 세 들어 사는 걸, 우리 부끄러워하지 말자. 19세기의 인간이라는 사실, 그리고 이전 시기의 건축 양식으로 지어진 집에 살려는 그런 사람이 아니라는 사실을 우리 부끄러워하지 말자. 그대들은 우리가 우리 시대 고유의 건축 양식을 얼마나 빨리 갖게 될지 볼 것이다. 우리가 어차피 그 양식을 갖게 될 거라고 이의를 제기할 거다. 그러나 내가 말하는 것은, 우리가 훌륭한 양심으로 후대에 남겨 줄 수 있는 그런 양식, 먼 훗날에도 자부심을 갖고 언급할 그런 양식이다. 그러나 우리 세기의 빈에서는 이런 양식을 발견하지 못했다. 아마포와 판지 그리고 물감으로 행복한 농부가 사는 판잣집을 지으려 하건, 봉건 영주가 거주할 만한 벽돌과 시멘트로 돌 궁전을 짓건 근본적으로는 똑같다. 이번 세기의 빈 건축 양식 위에는 포툠킨의 생각이 떠돌고 있다.

건축(1909)

내가 여러분을 산속 호숫가로 안내해도 될까? 하늘은 푸르고, 호수의 물은 초록이며, 모든 것은 깊은 평화 속에 잠겨 있다. 산과 구름이 호수에 비치고, 집과 정원과 교회도 그렇다! 그것들은 마치 인간의 손으로 만들어지지 않은 양 저기 있다. 산과 나무, 구름, 푸른 하늘과 똑같이 신의 작업장에서 나온 것 같다. 모든 것이 아름다움과 고요로 충만하다.

저기, 저게 무엇인가! 이 평화 속에 불협화음이 있다. 불필요한 외침 같다. 농부의 손이 아니라 신이 만든 것 같은 농부의 집들 사이에 빌라가 한 채 있다. 좋은 건축가의 구성물일까, 나쁜 건축가의 구성물일까? 나는 모르겠다. 나는 단지 평화, 고요, 아름다움이 사라졌다는 것만 안다.

왜냐하면 신 앞에서는 좋은 건축가도 나쁜 건축가도 없기 때문이다. 신의 옥좌 근처에서 모든 건축가는 동등하다. 도시들, 벨리알[71]의 제국에는 그곳들이 어떤 부도덕에 빠져 있는

---

71 Belial. 유대교 외경에 나오는 단어로 부도덕이나 가치 없음과 같은 악에 성격을

지 알려 주는 섬세한 뉘앙스가 있다. 따라서 나는 묻는다. 좋은 건축가건 나쁜 건축가건, 대체 건축가가 어떻게 호수를 망칠 생각을 한 것인가?

농부는 그런 짓을 안 한다. 호숫가에 철도를 놓거나 배로 맑은 호수 표면에 깊은 고랑을 내는 기술자도 그렇게 하지 않는다. 그들은 다르게 한다. 농부는 초록빛 초원 위에 새집을 지을 지점을 표시하고, 기초 공사를 위해 땅을 파헤친다. 이제 조적공이 나타난다. 근처가 진흙 토양이라면 벽돌을 생산하는 벽돌 공장이 있다. 그렇지 않다면 호숫가를 이루는 돌이 사용되기도 한다. 조적공이 벽돌 위에 벽돌을, 돌 위에 돌을 맞추는 동안 목수는 그 옆에 자리를 잡는다. 도끼질 소리가 유쾌하게 울린다. 목수는 지붕을 만든다. 무슨 지붕? 예쁜 지붕, 아니면 미운 지붕? 그는 모른다. 그냥 지붕이다.

그런 뒤 목수가 문과 창문의 크기를 정한다. 그러면 모든 다른 사람들이 나타나 치수를 재어 자신의 작업장으로 가서 일을 한다. 그다음에는 농부가 석회 염료를 큰 통에 섞어 집에 예쁘게 흰색 칠을 한다. 농부는 붓을 잘 보관한다. 왜냐하면 해가 지나 부활절 무렵이 되면 다시 붓을 써야 하기 때문이다.

농부는 자신과 자기 가족과 가축을 위해 집을 지으려 했고 그것을 해냈다. 그의 이웃처럼 혹은 그의 선조처럼 그렇게 해냈다. 본능에 따라 움직이는 모든 동물처럼. 집이 아름답냐고? 그렇다, 장미, 엉겅퀴, 말 혹은 소가 아름답듯 아름답다.

그리고 나는 다시 물어본다. 좋은 건축가건 나쁜 건축가

부여하여 사용하는 말이었는데, 이후 악마 그 자체로 통했다. 사도 바울은 사탄을 뜻하는 데 이 말을 썼다.

건, 건축가는 왜 호수를 망치는 건가? 그 건축가에게는, 거의 모든 도시 거주민과 마찬가지로 문화가 없다. 그에게는 문화를 소유한 농부의 확신이 부족하다. 도시 거주민은 뿌리가 뽑힌 자이다. 나는 인간의 내적·외적 균형을 문화라 부르는데, 이런 균형만이 이성적인 것을 생각하고 취급하도록 해 준다. 나는 가까운 시일 내에 다음의 주제로 강연을 할 예정이다. 왜 파푸아인은 문화가 있고 독일인은 문화가 없는가?

인류의 역사는 이제까지 문화가 없다고 기록할 만한 시기가 없었다. 그런데 19세기 후반의 도시인들은 이런 문화 없는 시기를 만들 지경이 되었다. 이때까지 우리 문화의 발전은 아름답고 한결같은 흐름을 유지하고 있었다. 사람들은 시간에 복종했고 앞도 뒤도 보지 않았다.

하지만 그때 거짓 예언자들이 불쑥 나타났다. 그들은 말했다. "어째서 우리의 삶은 이렇게 추하고 기쁨이 없는가?" 그러고는 각 문화로부터 모든 것을 긁어모아서 박물관에 갖다 놓고는 말했다. "보라, 이것이 아름다움이다. 너희들은 천박한 추 속에서 살았다."

그때는 기둥과 돌림띠가 있는 집처럼 보이는 가재도구도 있었고, 벨벳과 비단도 있었다. 그때는 특히 장식이 있었다. 그리고 그때는 수공업자도 있었다. 그는 현대적인 사람, 문화적인 사람이었고, 장식을 그릴 수 없었기 때문에, 사람들은 학교들을 세웠다. 이 학교에서 건강한 젊은이들은 할 수 있는 한 오래 비틀려 있어야만 했다. 중국에서 어린아이들을 항아리에 집어넣어, 이 애들이 끔찍한 기형이 되어 우리를 부수고 튀어나올 때까지 그렇게 오랫동안 먹을 것을 주듯이 말이다. 이 끔찍한 정신적 기형아들은 이제 그들의 중국 형제들처럼 합당한 주목을 받고 그들의 결합 덕분에 쉽게 밥벌이를 할 수 있었다.

그러나 당시 인간들에게 "깊이 생각해 봐!" 하고 소리치는 사람은 아무도 없었다. 문화의 길은 장식에서 벗어나 장식 없음으로 가는 길이다. 문화의 발전이란 일용품에서 장식을 멀리하는 것과 같다는 뜻이다. 파푸아인은 그의 손에 닿는 모든 것을 장식으로 덮는다. 자신의 얼굴과 몸부터 활과 노 젓는 배까지. 그러나 오늘날 문신은 퇴폐의 표식이며, 범죄자와 퇴폐한 귀족들에게서만 사용된다.

그리고 파푸아인과는 달리 문화화된 사람은 문신이 없는 얼굴을 문신한 얼굴보다 아름답다고 생각한다. 설령 미켈란젤로나 콜로 모저[72]가 그린 문신이라도 말이다. 19세기의 인간은 자신의 얼굴뿐만 아니라 자신의 가방, 옷, 가재도구, 집도 인위적으로 탄생한 새로운 파푸아인들로부터 보호할 줄 안다! 고딕 양식이라고? 우리는 고딕 양식 때의 인간보다 수준이 높다. 르네상스 양식? 우리는 그보다도 높다. 우리는 더 섬세해졌고 고귀해졌다. 우리에게는 아마존 전투가 새겨진 상아 술잔으로 술을 마실 둔감한 신경은 부족하다. 우리에게서 옛날 솜씨가 없어져 버린 것인가? 다행이다. 우리는 그것을 베토벤의 천상의 소리와 맞바꿨다. 우리의 사원이 더는 파르테논 신전처럼 파랑, 빨강, 초록, 흰색으로 칠해져 있지 않다. 아니다, 우리는 맨 돌의 아름다움을 느끼는 법을 배웠다.

그러나 이미 말했듯이 당시에는 아무도 없었고, 우리 문

---

72   Kolo Moser(1868~1918). 오스트리아 유겐트스틸 화가, 디자이너, 빈 분리파 및 빈 공작소 창립 위원

화의 적들과 옛 문화의 찬양자들은 쉬운 게임을 했다. 게다가 그들은 오류에 빠져 있었다. 그들은 지난 시기를 잘못 해석했다. 목적 없는 장식 때문에 별로 실용적이지 못했고 그래서 사용되지 않은 물건만이 보존되어, 우리에게는 장식된 물건들만이 전해졌다. 그래서 사람들은 옛날에는 장식된 물건만 있었나 보다고 추측하게 된 것이다. 게다가 그 물건들은 장식 때문에 쉽게 나이와 출처를 확인할 수 있었고, 그런 물건의 분류는 저 빌어먹을 시대의 가장 유익한 기쁨이었다.

그러나 그때 수공업자는 함께할 수 없었다. 그는 수천 년 동안 모든 민중들 사이에서 만들어진 모든 것을 하루 안에 만들어야만 했고, 새로 고안해 낼 수 있어야 했다. 이러한 물건들은 그들 문화 각각의 표현이며, 농부가 자기 집을 짓듯 장인에 의해 그렇게 완성되었다. 오늘날의 장인도 여느 시대의 장인처럼 그렇게 작업할 수 있었다. 하지만 괴테의 동시대인이더는 장식을 만들 수가 없었다. 그러자 비틀린 자들이 불려 왔고, 장인들은 그들을 후견인으로 배정받았다.

그리고 조적 장인, 건축 장인도 후견인을 얻었다. 건축 장인은 그저 집을, 자기 시대의 양식에 따른 집을 지을 줄만 알았다. 그러나 그 옛날 양식으로 집을 지을 줄 아는 사람, 자기 시대와는 접촉하지 않은 자, 뿌리가 뽑히고 비틀린 자, 그가 통치자가 되었다. 그 사람, 건축가가 말이다.

수공업자는 책을 많이 볼 수 없었다. 건축가는 모든 것을 책에서 얻었다. 엄청난 책들이 알 가치가 있는 모든 것을 그에게 제공했다. 이 다수의 영리한 출판물들이 우리의 도시 문화에 얼마나 손상을 가했는지, 그것들이 모든 자각을 얼마나 방해했는지 사람들은 예상 못 한다. 건축가가 형태들을 마음에 새겨 두고는 그것들을 기억해서 모사해 낼 수 있었건, 혹은 그가 예술적인 창작을 하는 동안 견본을 눈앞에 두어야만 했건, 이와는 상관없이 한 가지는 밝혀졌다. 결과는 늘 동일했다. 그것은 늘 암담했다. 그리고 이 암담함은 끝없이 자랐다. 각자는 자기의 것이 영원히 남겨지는 모습을 보려고 이를 새 책자로 출판했고, 엄청난 수의 건축 잡지들이 건축가의 허영심을 채워 주었다. 그리고 그렇게 오늘날까지도 유지되어 왔다.

그러나 건축가는 다른 이유로 건축 수공업자를 쫓아냈다. 건축가는 제도를 배웠고, 다른 것을 배우지 않았기 때문에 그것을 할 수 있었다. 그것을 건축 수공업자는 할 수 없었다. 그의 손은 무거워졌다. 늙은 장인의 설계도는 어설펐다. 건축학교 학생이 더 잘 그렸다. 그리고 소위 말하는 민첩한 제도사, 모든 건축가 사무소에서 찾는, 높은 급여를 받는 그런 사람이 처음 등장했다!

건축 예술은 건축들로 인해 그래픽 예술로 전락했다. 집을 가장 잘 짓는 건축가가 대부분의 주문을 받는 것이 아니라, 종이 위에서 가장 작업 효과를 잘 드러내는 건축가가 주문을 받는다. 그리고 이 두 유형의 건축가는 극과 극에 있다.

만일 예술을 일렬로 세우려 해서 그래픽부터 시작한다면, 그래픽에서부터 회화로 넘어가는 변화들이 보인다는 것을 알 수 있다. 그래픽에서부터 채색 조각 예술을 거쳐 조형 미술로, 조형 미술에서 건축에 도달하게 된다. 그래픽과 건축은 그 줄의 시작과 끝이다.

최고의 제도사는 나쁜 건축가이고, 최고의 건축가는 나쁜 제도사일 수 있다. 이미 건축가라는 직업을 선택할 때 그래픽 예술 재능이 요구된다. 우리의 아주 새로운 건축은 제도판 위에서 고안되고, 그렇게 생겨난 도면들은 조형적으로 표현된다. 마치 희귀품 진열관에 그림들을 걸어 놓은 것 같다.

그러나 늙은 장인들에게 도면이란 일을 실행하는 수공업자에게 자신을 이해시키기 위한 수단일 뿐이다. 마치 시인이 글자를 통해 자신을 이해시켜야만 하는 것과 같다. 그러나 우리는 소년에게 서예로 시를 학습시킬 정도로 문화가 없지는 않다.

이제 다음의 사실은 잘 알려져 있다. 즉 모든 예술 작품은 그렇게 강력한 내적 법칙이 있어, 한 가지 형태로만 드러날 수 있다는 것이다.

좋은 드라마라고 판명되는 소설은 소설로서도 드라마로서도 좋지 않다. 더욱 화나는 경우는, 그렇지 않아도 접점을 갖는 서로 다른 두 예술들이 섞일 수 있을 때다. 희귀품 진열관에 적합한 그림은 나쁜 그림이다. 카스탄[73]의 잡지에서 살롱티롤러[74]는 볼 수 있지만 모네의 「해돋이」나 휘슬러[75]의 동판화는 볼 수 없다. 하지만 그 표현 방식이 이미 그래픽적 예술 작품으로 여겨지는 건축 도면이(그리고 건축가들 중에는 진짜 그래픽 예술가도 있다.) 돌과 철과 유리로 실현되는 것은 끔찍한 일이다. 왜냐하면 진짜로 보여야 할 건축물의 기호가 아무 효과 없이 표면에 머물러 있기 때문이다. 만일 내가 가장 강력

---

73 Isidor Kastan(1840~1931). 독일 저널리스트, 작가, 의사

74 Salontiroler. 알프스에서 휴가를 보내며 알프스 민속 의상을 입었던 여행객들을 뜻한다. 이 개념은 19세기, 알프스를 이국적으로 생각하며 그곳에서 휴가를 보낸 북독일 시민들이 점차 늘어나면서 생겼다.

75 James Abbott McNeill Whistler(1834~1903). 미국 화가

한 건축학적 사건인 팔라초 피티[76]를 동시대인들의 기억에서 지우고, 최고의 제도사한테 그리게 해서 경쟁 작품으로 제출한다면, 심사 위원들은 나를 정신 병원에 가둘 것이다.

그러나 오늘날에는 민첩한 제도사가 군림하고 있다. 더는 수공업용 도구가 형태들을 창조하지 않는다. 연필이 그 역할을 한다. 건축물의 특징을 부각한 것에서, 즉 건축물의 장식의 종류에서 관객은 건축가가 1호 연필로 그렸는지 5호 연필로 그렸는지 알아낼 수 있다. 컴퍼스는 누군가의 취향을 정말 끔찍하게 짓밟았다! 제도용 오구[77]로 그려진 제도선은 정사각형 전염병을 발생시켰다. 1:100의 축도로 그려지지 않는 창문틀이나 대리석판은 없다. 조적공과 석공은 그래픽으로 그려진 터무니없는 것을 실제로 만들면서 얼굴에 땀을 흘리며 긁어내고 잘라 내야만 한다. 예술가가 우연히 오구에 물감을 찍기라도 하면, 도금사는 애를 써야 한다.

그러나 나는 말하고 싶다. 진정한 건축물은 평면에 그린 그림으로는 어떤 인상도 주지 못한다. 내가 만든 실내 공간이 사진으로는 아무런 효과도 주지 못한다는 사실에 나는 큰 자부심을 느낀다. 내 공간에 사는 사람들은 사진에 찍힌 공간이 자신의 집이라는 것을 알아차리지 못한다. 마치 모네의 그림 소유자가 카스탄의 잡지에 실린 그림이 자신의 것임을 알아

---

76 피렌체의 행정 중심이자 메디치 가문의 궁전인 피티 궁전은 메디치 가문의 라이벌 루카 피티에 의해 1450년에 건설되었으나, 1549년 메디치에 팔렸다.

77 까마귀의 부리라는 명칭답게 부리 모양으로 두 갈래로 나뉜 쇳조각이 붙어 있는 도구로 먹을 찍어 줄을 긋는 데 사용한다. 현재는 도면을 거의 컴퓨터로 그리고 복사하기 때문에 쓰이지 않는다. 이것 대신에 나온 것이 로트링, 슈테틀러 등의 회사에서 제조하던 테크니컬 드로잉 펜이다.

차리지 못하는 것과 같다. 여러 건축 잡지에 실리는 영광을 나는 포기해야만 한다. 나는 내 허영심을 충족시키는 것은 단념했다.

그래서 나의 활동은 영향력이 없는지도 모른다. 사람들은 나에 대해서 아무것도 모른다. 그러나 이때 내 이상의 힘이 드러나고, 내 이론이 옳다는 것이 드러난다. 나, 널리 알려지지 않은 사람이며, 나의 활동에 대해 사람들이 알지 못하는 그런 나는 수많은 사람 중에 실제적인 영향력을 가진 유일한 사람이다. 한 가지 예를 들 수 있다. 내가 처음으로 뭔가 창작할 수 있었을 때(그것은 아주 어려웠다. 이미 언급했듯, 내 생각에 작업들은 그래픽으로 표현될 수 없기 때문이었다.) 그때 나는 엄청난 적대의 대상이었다. 십이 년 전의 일로, 빈의 카페무제움 실내 건축을 했을 때였다. 건축가들은 이를 카페 니힐리즘이라고 불렀다. 하지만 카페무제움은 오늘날에도 여전히 존재한다. 반면 수많은 다른 사람들이 한 현대적인 목공 작업들은 모두 이미 오래전에 헛간이 되어 버렸다. 그들은 어쩌면 자신들의 작업을 창피해하고 있을 것이다. 카페무제움은 이전의 모든 작업을 합친 것보다 훨씬 더 오늘날 우리의 목공 작업에 영향을 끼쳤다. 위에 언급한 다른 사람들은 이런 사실을 뮌헨《장식 예술》의 1899년판에서 볼 수 있다. 이 잡지에는(편집부의 실수로 그렇게 된 것 같은데) 그 실내 공간의 사진이 실려 있다. 하지만 두 장의 사진은 당시에는 영향력이 없었고, 전혀 주의를 끌지 못했다. 그 카페만 영향력이 있었다. 옛날 장인들도 그런 힘으로 영향력을 가졌더랬다. 우편과 전파와 신문이 없었음에도 혹은 오히려 그랬기 때문에 이 힘은 가장 멀리 떨어진 세상 구석에까지 더 빠르게 그 영향력을 발휘했다.

19세기 후반은 문화 없는 자들의 외침으로 가득 찼다. 그들은 "우리에게는 건축 양식이 없다."라고 외친다. 얼마나 잘못되었고 얼마나 틀렸는지. 바로 이 시대는 더욱 강력하게 강조되는 양식, 그 어떤 시대보다 이전의 시기와 강력하게 구분되는 양식을 갖고 있다. 이는 문화사에 전례가 없는 변화다. 그러나 잘못된 예언가들은 한 작품을 다양한 양식의 장식으로만 인지할 수 있기 때문에 그들에게 장식은 우상이 되었고, 그들은 이 기형아를 양식이라 부르며, 이 기형아를 몰래 밀어넣었다. 우리는 이미 진정한 양식은 가졌으나, 장식은 갖지 못했다. 만일 내가 우리의 옛집이나 새집의 장식 모두를 떼어 낼 수 있어 밋밋한 벽들만 남겨진다면, 15세기의 집과 17세기의 집을 구별하기 어려울 것이다. 그러나 문외한이라도 19세기의 집들은 첫눈에 알아볼 것이다. 우리는 장식이 없다. 그들은 우리에게는 양식이 없다고 불평한다. 그래서 그들은 스스로 우스꽝스럽다고 생각할 때까지 과거의 장식을 그대로 따라 하고, 그 장식이 더는 나아갈 수 없을 때 새로운 장식을 발명한다. 다시 말해 그들은 문화적으로 깊이 타락했기 때문에 그런 것을 할 수 있었다. 이제 그들은 자신들이 20세기의 양식을 발견했다며 기뻐하고 있다.

그러나 그것은 20세기의 양식이 아니다. 20세기 양식을 순수한 형태로 보여 주는 것들이 정말 많다. 이러한 것들은 비틀어진 자들을 후견인으로 삼지 않는 그런 사람들이 만들어 낸 것이다. 이런 제품을 생산하는 사람들은 특히 옷 만드는 사람들이다. 그런 사람들은 제화공, 목수 그리고 안장 만드는 사람들이다. 그런 사람들은 차량을 만드는 사람들이고, 악기를 만드는 사람들이며, 모든 사람들, 즉 이들의 수공이 문화 없는 자들 생각에는 개혁을 할 만큼 충분히 고상해 보이지 않은 덕에 일반적인 뿌리 뽑힘을 모면한 모든 사람들이다. 얼마나 다행인지! 나는 건축가들이 남겨 준 이 나머지 사람들로 십이 년 전에 현대 목공을 재구성할 수 있었다. 건축가들이 목공소에 참견하지 않았더라면 우리가 가졌을지도 모르는 그 목공을 말이다. 왜냐하면 나는 예술가처럼 과제에 접근하지 않기 때문이다. 자유로이 창작하고, 상상이 자유롭게 활동한 여지를 주면서 말이다. 예술가 집단에서는 아마 이와 비슷한 말을 할 것이다. 그래. 나는 그렇게 하지 않았다. 대신 견습공처럼 주저하며 작업장으로 가서, 파란 앞치마를 두른 사람을 존경스럽게 올려다보았다. 그러고는 부탁했다. 당신의 비밀을 함께 나누도록 허락해 주십시오 하고. 왜냐하면 작업장의 많은 전통들은 여전히 건축가의 눈길 앞에서는 수줍어하며 숨어 있기 때문이다. 그리고 그들이 나의 참뜻을 알아차렸을 때, 내가 제도판 환상 때문에 그들이 사랑하는 나무를 볼품없이 만들지 않는다는 것을 보았을 때, 그들 존경의 대상인 재료의 고상한 빛깔을 내가 초록이나 보라로 모독하려 하지 않는다는 것을 보았을 때, 그때 작업장에 대한 그들의 당당한 의식이 표면에 드러났고, 그들이 조심스레 숨겼던 전통은 드러났으며, 그들은 압제자에 대한 미움을 털어놓았다. 그리고 나는 구식 수세식 변기의 물통을 가리던 벽판에서 현대적인 내장재를 발견했고, 은으로 된 식기를 보관하는 상자에서 현대적인 모서리 처리를 발견했으며, 여행용 가방 제작자와 피아노 제작자에게서 잠금 쇠와 쇠 장식을 발견했다. 그리고 나는 가장 중요한 것을 발견했다. 즉 1900년대 양식과 1800년대 양식의 차이는 1900년대 연미복과 1800년대 연미복의 차이 정도밖에 안 된다는 점을 발견한 것이다.

그 차이는 크지 않다. 하나는 파란 천에 금 단추가 달려 있고, 다른 것은 검은 천에 검은 단추가 달려 있다. 검은 연미복은 우리 시대의 양식이다. 이는 누구도 부정할 수 없다. 비틀린 자들은 건방을 떨면서 우리의 복장 개혁을 비껴 나갔다. 사실 그들은 그런 일을 하는 것은 자신들의 품위를 떨어뜨린다고 생각하는 아주 진지한 사람들이었다. 그래서 우리의 옷은 그들 시대의 양식에 머무르게 되었다. 품위 있고 진지한 사람에게는 장식의 발명이 어울릴 뿐이었다.

이제 드디어 집을 지어 달라는 의뢰를 받았을 때 나는 생각했다. 집은 외형적으로는 그저 연미복만큼 변할 거야. 그러니까 별로 많이는 아냐. 나는 옛날 사람들이 어떻게 집을 지었는지 봤고, 그들이 세기를 거듭하고 해를 거듭하면서 어떻게 장식에서 벗어났는지를 보았다. 따라서 나는 발전의 사슬이 끊어진 그곳을 연결해야만 했다. 나는 한 가지를 알고 있었다. 즉 발전의 선상에 머물기 위해 내가 훨씬 더 단순해져야만 한다는 사실이었다. 나는 금 단추를 검은 단추로 대체해야만 했다. 이 집은 눈에 띄어서는 안 된다. 언젠가 나는 다음과 같은 문장을 마음에 새기지 않았던가. 가장 눈에 띄지 않게 옷을 입는 사람이 현대적으로 옷을 입은 것이라고 말이다. 이 말은 모순적으로 들렸다. 하지만 나의 다른 많은 모순적인 착상들처럼 이 말을 주의 깊게 선택하여 새롭게 인쇄하는 성실한 사람들이 있었다. 이런 일은 자주 발생해서 결국 사람들은 그 착상들이 진실이라 생각하게 됐다.

그런데 눈에 띄지 않는다는 점에 관련해서, 나는 이때 한 가지를 계산에 넣지 않았다. 즉 옷에 통용되는 것이 건축에서는 통용되지 않는다는 것이다. 그래, 그 비틀린 자들이 건축을 가만두었더라면, 그리고 옷이 옛날 무대용 잡동사니라는 의미에서 개혁되었거나 아니면 분리파적으로(당연히 이런 시도가 있었다.) 개혁되었더라면, 상황은 뒤바뀌었을 것이다.

상황을 이렇게 생각해 보시라. 모든 사람이 옷을 입고 있는데, 그 옷은 지난 시대의 것이거나 상상 속 먼 미래의 것이다. 거기에는 회색 과거에서 온 남자들, 탑처럼 높이 틀어 올린 머리에, 페티코트를 넣어 부풀린 치마를 입은 여인들, 부르고뉴식 바지를 입은 우아한 신사들이 있다. 그리고 그 사이사이에 보랏빛 에스카프랭[78]을 신고, 발터 셰르벨 교수를 응용한 초록 사과색의 밤스[79]를 입은 몇몇 자극적인 현대인들이 보인다. 그리고 이제 소박한 프록코트를 입은 사람이 그들 사이로 들어간다. 이 남자가 눈에 안 띄겠는가? 물론 훨씬 눈에 띈다. 그가 분노를 유발하지 않을까? 그리고 분노를 일으키는 모든 것을 제거하기 위해 존재하는 경찰을 부르지 않을까?

그러나 상황은 반대다. 옷은 제대로지만, 광대극은 건축의 영역에서 일어났다. 내 집(빈의 미하엘러플라츠에 있는 '로스하우스'를 말하는데 이 글이 나온 해에 지어졌다.)은 제대로 분노를 일으켰고, 경찰이 즉시 출동했다. 내가 네 개의 벽 안에서는 그런 일을 해치워도 되지만, 그게 거리에는 어울리지 않는단 말인가!

내가 지난번 설명을 하는 동안 많은 사람들은 의심을 품

---

78   escarpin. 16세기에 유행했던 신발로 새틴이나 두꺼운 실크로 만들었다.

79   Wams. 기사의 갑옷 속에 입는 속 재킷

었을 것이다. 내가 재봉 일과 건축 사이를 비교하는 것에 대한 의심 말이다. 건축은 분명 예술이다. 인정한다, 일단은 인정한다. 하지만 인간의 외형과 집의 외형에서 드러나는 기이한 일치가 그들 눈에는 보이지 않는단 말인가? 고딕 양식은 털이 긴 옷과 어울리고, 길게 늘어뜨린 남성용 가발은 바로크와 어울리지 않는가! 그런데 오늘날 우리의 집들은 우리의 옷과 어울리는가? 동일화가 걱정된다고? 그래, 옛날 건물들도 한 시대와 한 지역 안에서는 동일하지 않았던가? 그렇게 동일해서, 우리는 그들의 동일화 덕분에 양식과 국가, 민족과 도시에 따라 훑어볼 수 있게 된 게 아닌가? 그런 신경질적인 허영은 옛날 장인들에게는 낯선 것이었다. 전통이 형태들을 규정했다. 형태들이 전통을 바꾸지는 않았다. 오히려 장인들은 확고하고 신성시되었으며 전통적인 형태를 어떤 상황에서도 충실히 이용할 형편이 아니었다. 새로운 과제들이 형태를 변화시켰고, 그래서 규칙들은 깨졌고, 새로운 형태들이 생겨났다. 하지만 그 시대의 인간들은 그들 시대의 건축과 일치했다. 새로 지어진 집은 모두의 마음에 들었다. 오늘날 대부분의 집들은 단 두 사람만 마음에 들어 한다. 건축주와 건축가.

그 집은 모두의 마음에 들어야만 한다. 그것이 건축과, 누구의 마음에도 들 필요가 없는 예술 작품과의 차이다. 예술 작품은 예술가의 사적인 일이다. 집은 그렇지 않다. 예술 작품은 그에 대한 필요가 없더라도 세상에 나온다. 집은 필요를 충족시킨다. 예술 작품은 누구에게도 의무가 없지만, 집은 모두에게 의무가 있다. 예술 작품은 인간을 안락함에서부터 떼어 내려 한다. 집은 안락함에 봉사해야만 한다. 예술 작품은 혁명적이고 집은 보수적이다. 예술 작품은 인류에게 새로운 길을 제시하고 미래를 생각한다. 집은 현재를 생각한다. 인간은 자신의 안락함에 도움이 되는 것은 모두 사랑한다. 인간은 자신이 얻은 확고한 위치에서 자신을 밀어내려 하고 방해하는 것은 모두 미워한다. 그래서 그는 집을 사랑하고 예술은 미워한다.

그렇다면 집은 예술과는 아무 관계가 없고 건축은 예술에 들어가지 않는단 말인가? 그렇다. 건축의 아주 작은 부분만이 예술에 속한다. 즉 묘비나 기념비. 한 가지 목적에 기여하는 모든 다른 것은 예술의 왕국에서 제외된다.

예술이 어떤 목적에 적합할 수 있다는 커다란 오해가 극복될 때, 응용 예술이라는 거짓 구호가 민족의 언어에서 사라질 때, 그때서야 비로소 우리는 우리 시대의 건축을 갖게 될 것이다. 예술가는 그저 자신에게 헌신해야만 하고, 건축가는 대중을 위해 헌신해야만 한다. 그러나 예술과 수공의 결합은 둘 모두에게, 인류에게 끝없는 해를 가했다. 이로 인해 인류는 더 이상 예술이 무엇인지 모르게 됐다. 쓸데없이 화를 내며 인류는 예술가를 뒤쫓고, 그렇게 하여 예술 작품의 창조를 수포로 돌아가게 했다. 인류는 매시간 용서받을 수 없는 엄청난 죄, 성스러운 정신을 거역하는 죄를 범한다. 살인과 약탈, 모두는 용서받을 수 있다. 하지만 많은 9번 교향곡들, 인류가 눈이 멀어 예술가를 뒤쫓는 바람에(아니, 이미 태만죄로 인해) 방해했던 그 교향곡들은 인류를 용서하지 않을 것이다. 신의 계획을 X표로 지운 것은 용서받지 못한다.

인류는 더는 예술이 무엇인지 모른다. 최근 뮌헨에서 열린 전시회는 "상인에게 헌신하는 예술"이라는 제목이었는데, 이 뻔뻔스러운 말을 벌할 손은 나타나지 않았다. 그리고 응용 예술이라는 아름다운 말을 아무도 비웃지 않았다.

하지만 예술이 인류를 점점 더 멀리 또 멀리, 점점 더 높이 또 높이 이끈다. 그리고 인류를 신적으로 만들기 위해 존재한다는 사실을 아는 사람, 그는 물질적 목적을 예술과 결합하는 게 최상의 것을 세속화하는 일이라 생각한다. 인류는 예술가를 내버려 두지 않는다. 그를 두려워하지 않기 때문이다. 엄청난 무게의 이상적인 요구에 짓눌린 수공은 자유로이 성장할 수 없다. 예술가는 현존하는 것들 사이에서 다수를 경험해서는 안 된다. 그의 나라는 미래다.

미적 감각이 있는 건물과 미적 감각이 없는 건물이 있기 때문에, 사람들은 하나는 예술가들이 만든 것이고 다른 것은 예술가가 아닌 사람이 만든 것이라 생각한다. 그러나 미적 감각이 있는 건물들은 업적이 아니다. 칼을 입 속에 넣지 않거나 아침에 이를 닦는 것이 업적이 아닌 것처럼 말이다. 이 점에서 사람들은 예술과 문화를 혼동한다. 지난 시대, 즉 세련된 시대의 몰취미에 대해 누가 증명할 수 있겠는가? 지방 도시의 가장 보잘것없는 벽돌 장인의 집에도 미적 감각이 깃들어 있다. 당연히 훌륭한 장인이 있고 보잘것없는 장인이 있다. 위대한 작업은 훌륭한 장인의 몫이었다. 훌륭한 장인은 그의 탁월한 교육 덕분에 다른 사람보다 세계의 정신과 훨씬 더 밀접한 관계를 맺었다.

건축은 인간 내면의 기분을 일깨워 낸다. 따라서 건축가의 과제는 이러한 기분을 좀 더 분명하게 표현하는 것이다. 방은 안락해야만 하고, 집은 살 만하게 보여야 한다. 법원 건물은 은밀한 악덕에게는 위협적인 몸짓처럼 보여야 한다. 은행 건물은 말해야 한다. 너의 돈은 여기 정직한 사람들한테 확실하게 잘 보관되어 있다고.

건축가는 이제까지 인류 안에서 이 기분을 생산했던 저 건물들과 관계를 맺을 때만 그것을 성취할 수 있다. 중국 사람들에게 상복은 흰색이지만, 우리에게는 검은색이다. 따라서 검은색으로 즐거운 기분을 북돋우는 것은 우리 건축 예술가들에게는 불가능할 것이다.

만일 우리가 숲에서 여섯 발자국 길이와 네 발자국 넓이의 피라미드 모양을 삽으로 만든 언덕을 발견한다면, 우리는 진지해질 것이며, 마음속으로 말할 거다. 여기 누군가 묻혀 있다. 이것은 건축이다.

우리의 문화는 모든 것을 능가하는 고대 그리스 로마의 탁월한 위대함에 대한 인식을 토대로 세워져 있다. 우리의 사고와 감정의 기술을 우리는 로마인으로부터 넘겨받았다. 로마인들로부터 우리는 우리의 사회적 느낌과 영혼의 양식을 얻는다.

로마인들이 새로운 원주 양식, 새로운 장식을 발명할 수 없었다는 것은 우연이 아니다. 그러기에는 그들은 이미 너무 앞섰다. 그들은 모든 것을 그리스인들로부터 넘겨받아, 자신들의 목적을 위해 개조했다. 그리스인들은 개인주의자들이었다. 각기의 건축물은 자신의 고유한 특성, 고유한 장식을 가져야만 했다. 그러나 로마인들은 사회적으로 생각했다. 그리스인들은 간신히 자신들의 도시들을 다스릴 수 있었지만, 로마인들은 지구를 다스릴 수 있었다. 그리스인들은 자신들의 창작력을 원주 양식에 사용했고, 로마인들은 그것을 평면도에 사용했다. 그리고 큰 평면도를 해결할 사람은 새로운 형태의 요철 모양에 대해서는 생각하지 않는다.

인류가 고대 그리스 로마의 위대함을 느낀 이후, 하나의 공통적인 생각이 위대한 건축 장인들을 연결한다. 그들은 생각한다. 내가 짓는 것처럼 옛날 로마인들도 지었을 거야. 우리는 이들이 옳지 않다는 것을 안다. 시간, 장소, 목적과 기후, 주변 환경이 그들의 계획을 방해했다.

하지만 건축 예술이 재차 시시한 건축 예술가들을 통해, 장식가들을 통해 그 위대한 모범에서 멀어질 때마다 건축 예술을 다시 고대로 이끄는 위대한 건축 예술가가 가까이 있었다. 남쪽에서는 피셔 폰 에를라흐[80]가, 북쪽에서는 슐뤼터[81]가 진정 18세기의 위대한 장인이었다. 그리고 19세기의 문턱에는 싱켈[82]이 있었다. 우리는 그를 잊었다. 이 탁월한 인물의 빛이 우리의 다음 건축가 세대를 비추기를!

80　Johann Bernhard Fischer von Erlach(1656~1723). 오스트리아 바로크 양식 건축가

81　Andreas Schlüter(1659, 1660~1714). 독일 조각가, 건축가

82　Karl Friedrich Schinkel(1781~1841). 독일 건축가, 화가. 프로이센의 고전주의와 역사주의 발전에 큰 공헌을 했다.

산에 집 짓는 사람을 위한 규칙
《노이에 프라이에 프레세》(1898. 8. 28.)

그림같이 아름답게 집을 짓지 마라. 그러한 효과는 담장, 산, 태양에게 맡겨라. 그림같이 아름답게 옷을 입은 인간은 그림같이 아름답지 않다. 바보 멍텅구리다. 농부는 그림같이 아름답게 옷을 입지 않는다. 그러나 그는 그림같이 아름답다.

당신이 할 수 있는 만큼만 잘 지어라. 더 낫게 짓지 마라. 교만하지 마라. 당신의 출생과 교육으로 할 수 있는 것보다 낮은 수준으로 의도적으로 당신을 떨어뜨리지 마라. 비록 당신이 산으로 간다 해도 말이다. 농부들과 당신의 언어로 말하라. 농부들의 방언으로 이야기하는 빈의 변호사는 없어져야 한다.

농부들이 짓는 형태에 주목하라. 왜냐하면 그 형태들은 조상의 지혜에서 흘러나온 핵심이기 때문이다. 그러나 그 형태의 원인을 찾아내라. 기술의 진보가 형태를 개선했다면, 이 개선은 항상 이용되어야만 한다. 도리깨는 탈곡기로 교체될 것이다.

평지는 수직적인 건축 구성을 요구한다. 산은 수평적인 건축 구성을 요구한다. 인간의 작품은 신의 작품과 경쟁해서는 안 된다. 합스부르크의 망루는 빈 주변에 사슬처럼 연결된 숲인 비너발트의 경관을 망치지만, 후자렌 신전[83]은 조화롭게 어울린다.

지붕을 생각하지 말고, 비와 눈을 생각하라. 농부는 그렇게 생각하여, 기술적 경험에 따라 가능한 한 평평한 지붕을 만든다. 산에서는 눈은 자신이 미끄러지고 싶을 때가 아니라 농부가 원할 때 미끄러져 내려와야 한다. 따라서 농부는 생명의 위험 없이 눈을 치우기 위해 지붕에 올라갈 수 있어야 한다. 우리도 우리의 기술적 경험에 따라 가능한 한 가장 평평한 지붕을 만들어야만 한다.

진실해라! 자연은 진실의 편이다. 자연은 철제 격자 다리는 잘 소화하지만, 교탑과 포문이 있는 고딕식 아치는 거부한다.

구식으로 취급받기를 두려워 말라. 구식 건축 방식의 변형은 그것이 개선을 의미할 때만 허용된다. 그렇지 않다면 그냥 옛것에 머물라. 왜냐하면 진실은 설령 그것이 수백 살이 되었다 해도 우리 옆에 걸어가는 거짓보다 훨씬 더 우리와 깊이 연결되어 있기 때문이다.

---

83 오스트리아 빈의 뫼들링 지역에 있는 고전주의 양식의 건물이다.

건축의 재료
《노이에 프라이에 프레세》(1898. 8. 28.)

1킬로그램의 돌과 1킬로그램의 금 중 어떤 것이 더 가치 있을까? 이는 바보 같은 질문일 것이다. 상인을 위한 질문일 뿐이다. 위대한 예술가는 이렇게 대답할 것이다. 나한테는 모든 재료가 똑같이 귀하다.

밀로의 비너스는 도로 포장석(파로스에서는 길을 파로스 산 대리석으로 깐다.)으로 되었건 금으로 되었던 똑같이 귀하다. 시스티나 성당의 마돈나는 라파엘이 물감에 몇 파운드의 금을 섞었다고 하더라도 가치가 한 푼도 더 높아지지 않을 것이다. 하지만 필요한 경우 황금의 비너스를 녹이거나 시스티나 성당의 마돈나를 긁어내야 할 것을 염두에 두어야만 하는 상인이라면 계산을 다르게 할 것이다.

그러나 예술가는 재료를 지배하려는 야심을 가질 뿐이다. 자신의 작업을 원재료의 가치와 무관하게 만드는 방식으로 말이다. 하지만 우리의 건축 예술가들에겐 이런 야심이 없다. 그들에게는 화강암으로 된 1제곱미터의 벽면이 모르타르로 된 벽면보다 귀중하다.

하지만 화강암 자체는 가치가 없다. 화강암은 바깥 들판에 널려 있다. 누구든 가져갈 수 있다. 또는 온 산, 온 산맥이 다 화강암으로 되어 있어 그저 파내기만 하면 된다. 그것으로 길을 포장하고 도시의 포석을 깐다. 화강암은 가장 흔한 돌이며 우리가 아는 가장 평범한 재료이다. 그런데 이 돌을 가장 가치 있는 건축 재료라고 생각하는 사람들이 있단 말인가?

이 사람들은 재료를 노동이라는 뜻으로 이야기하는 것이다. 인간의 노동력, 숙련성과 예술을 의미하는 것이다. 왜냐하면 화강암은 그것을 산에서 캐기 위해 엄청난 노동을 요구하며, 그것을 지정된 장소에 옮기는 데도 큰 노동을 필요로 하고, 제대로 된 형태를 주는 데도, 갈고닦아 마음에 드는 모양을 내는 데도 노동이 필요하다. 그리고 닦아 놓은 화강암 벽 앞에서 우리의 가슴은 경외심에 찬 전율로 벅차오를 것이다. 재료 앞에서? 아니다, 인간의 노동 앞에서다.

화강암이 모르타르보다 가치 있는 건 아닐까? 아직 그렇다고 말할 수는 없다. 왜냐하면 미켈란젤로의 손으로 만든 조각 장식이 있는 벽은 가장 잘 다듬어진 화강암 벽도 압도할 것이기 때문이다. 제공된 노동의 양뿐만 아니라 노동의 질도 모든 대상의 가치를 결정하는 데 도움을 준다.

우리는 노동의 양이 우선시되는 시대에 살고 있다. 노동의 양은 쉽게 통제할 수 있기 때문에 누구에게든 곧바로 눈에 띄며, 숙련된 눈길이나 그 밖의 지식을 요구하지 않기 때문이다. 여기에는 착오가 없다. 이러저러한 수의 일용 노동자들은 이러저러한 임금을 위해 이러저러한 시간 동안 노동을 했다. 그리고 사람들은 자신을 에워싼 사물의 가치를 모두에게 쉽게 이해시키고자 한다. 그러지 않으면 이 사물들에는 아무 목적도 없기 때문이다. 이때 긴 노동 시간이 요구되는 모든 재료들은 더 존중을 받게 될 것이다.

그러나 늘 그런 것은 아니었다. 예전에 사람들은 가장 손쉽게 구할 수 있는 소재로 집을 지었다. 어떤 지역에서는 벽돌로, 어떤 지역에서는 돌로, 또 어떤 지역에서는 모르타르로 벽을 입혔다. 그런데 이렇게 만들어진 것들은 석재 건축 옆에서 별 가치가 없어 보였을까? 그래, 대체 왜? 아무도 그렇게 생각하지 않았다. 근처에 채석장이 있었다면 사람들은 돌로 집을 지었을 것이다. 그러나 집을 지으려고 먼 곳에서부터 돌을 옮겨 오는 것은 예술의 문제라기보다는 돈 문제로 생각됐다. 예전에는 예술, 즉 노동의 질은 오늘날보다 훨씬 더 가치가 있었다.

그런 시대들이 건축술 분야에서도 위풍당당한 힘의 특성을 가져왔다. 피셔 폰 에를라흐는 자신을 이해시키기 위해 화강암을 필요로 하지 않았다. 그는 점토, 석회, 모래로 작품을 만들었는데, 이 작품들은 작업하기 어려운 소재로 된 최고의 건축물만큼이나 강력하게 우리를 사로잡는다. 그의 정신, 그의 예술가 기질이 보잘것없는 재료를 지배했다. 그는 평민 같은 먼지에게 예술이라는 귀족 작위를 수여할 수 있다. 그는 재료 왕국의 왕이었다.

그러나 현재는 예술가가 아니라 일용 노동자가 지배하며, 창조적인 생각이 아니라 노동 시간이 지배한다. 그러더니 일용 노동자도 야금야금 그 지배력을 손아귀에서 강탈당했다. 왜냐하면 양적인 노동력을 더 낫게 더 싸게 만들어 내는 자가 등장했기 때문이었다. 그것은 기계다.

하지만 기계가 했건 육체노동자가 했건 모든 노동 시간에는 돈이 든다. 그런데 만약 돈이 없으면 어떻게 될까? 그러면 사람들은 노동 시간을 속이기 시작한다. 즉 재료를 모조하기 시작하는 것이다.

노동의 양에 대한 경외는 제조업의 가장 두려운 적이다. 왜냐하면 그런 경외심은 모조라는 결과를 낳기 때문이다. 그러나 모조는 우리 제조업 대부분을 타락시켰다. 모든 자존심과 장인 정신은 제조업자들에게서 사라졌다. "인쇄공, 자네는 뭘 할 수 있지?" "나는 석판화로 생각될 정도로 인쇄할 수 있다네." "그러면 석판화공, 자네는 뭘 할 수 있나?" "나는 인쇄한 것처럼 석판화를 그릴 수 있지." "목수, 자네는 뭘 할 수 있어?" "나는 석고 장식가가 만든 것처럼 예쁘게 장식을 만들 수 있어." "석고 장식가, 자네는 뭘 할 수 있는데?" "나는 돌림띠랑 장식을 아주 정확하게 모조해. 진짜로 여길 정도로 정교하게 만들어서, 최고의 석공이 만든 것처럼 보이지." "그건 나도 할 수 있어!" 함석장이가 당당하게 외쳤다. "만일 사람들이 내가 만든 장식에 칠을 하고 모래를 뿌려 놓는다면, 그게 함석으로 되어 있을 거라고는 아무도 생각 못 하지." 불쌍한 사람들 같으니!

자기 비하의 정신이 우리 제조업에 퍼져 있다. 이 계층의 형편이 좋지 못하다는 것에 사람들은 놀라지 않는다. 이 분야 사람들의 상황이 좋을 리가 없다. 목수여, 일어나라, 목수라는 사실에 자부심을 가져라! 석고 장식가는 장식도 만든다. 질투도 바람도 갖지 말고 그들을 지나쳐 가라. 그리고 자네, 석고 장식가여, 석공이 자네랑 무슨 관계가 있단 말인가? 석공은 틈새를 만든다. 유감이지만 틈새를 만들 수밖에 없다. 작은 돌이 큰 돌보다 저렴한 경우가 많기 때문이다. 그러나 석고 장식가인 자네의 노동이 기둥과 장식과 벽을 갈라 놓는 그 자잘한 틈새도 허용하지 않는다는 사실에 자부심을 가져라, 자네의 직업에 자부심을 가지고, 자네가 석공이 아닌 것을 기뻐하라!

하지만 나는 쇠귀에 경 읽기를 하는 거다. 대중은 자부심 넘치는 수공업자를 원하지 않는다. 수공업자가 모조를 잘하면 할수록, 대중은 더욱 그를 지지한다. 값비싼 소재에 대한 경외심, 우리 민족이 빠져 있는 졸부 근성의 가장 확실한 이 증거는 다른 것을 원하지 않는다. 졸부는 다이아몬드, 모피 옷, 건물 앞면의 돌 벽이 비싸다는 것을 알게 된 이후에는, 다이아몬드로 치장할 수 없는 것을 부끄러워하고, 모피 옷을 걸칠 수 없는 것을 부끄러워하며, 돌로 지은 성에 살지 못하는 것을 부끄러워한다. 다이아몬드, 모피 혹은 석조 파사드의 부재가 우아함에 아무 영향을 끼치지 못한다는 사실을 그는 알지 못한다. 따라서 그는 돈이 부족할 때는 임시 대용품에 손을 뻗는다. 우스꽝스러운 시도다. 왜냐하면 그가 속이려고 드는 사람들, 즉 재력으로 자신들을 다이아몬드, 모피 옷, 석조 파사드로 에워쌀 수 있는 사람들은 속지 않기 때문이다. 이들은 졸부의 노력을 우습게 여긴다. 졸부의 노력은 그들보다 아래에 있는 사람들에게도 쓸데없는 짓이다. 사람들이 자신의 우월함을 인지하는 상태라면 말이다.

최근 수십 년 동안 모조품이 모든 건축물을 지배했다. 벽지는 종이지만, 절대 종이라는 것을 눈치채게 만들어서는 안 된다. 따라서 종이로 된 벽지지만 비단 다마스크 직, 고블랭 직 혹은 양탄자 문양이 들어가야만 했다. 문과 창문은 무른 목재로 짰다. 그러나 단단한 목재가 더 비싸기 때문에, 문과 창문은 단단한 목재처럼 색칠이 되어야만 했다. 쇠는 동이나 구리를 입혀 이것들처럼 보이게 해야만 했다. 하지만 사람들은 금세기의 성과인 시멘트는 어떻게 해야 할지를 몰랐다. 그 자체로 훌륭한 소재, 사람들은 이런 소재를 사용할 때 하나의 생각만을, 모든 새로운 소재 앞에서 갖는 그런 생각만을 갖고 있었다. 즉 이걸로 무엇을 모조하지? 사람들은 시멘트를 돌의 대용품으로 사용했다. 그리고 시멘트가 너무나 저렴하기 때문에, 정말 졸부 근성에 맞게 이를 아주 다양하게 사용했다. 진정한 시멘트 전염병이 이 세기를 엄습했다. "아, 건축가 님, 건물 전면에 5굴덴어치 더 가치를 부여할 수는 없나요?"라고 당시 우쭐한 건축주는 말했다. 그러면 건축가는 요구받은 만큼, 때로는 그보다 더 많은 가치의 솜씨를 건물 전면에 쏟아붓는다.

현재 시멘트는 석고 장식을 모조하는 데 사용된다. 재료의 압박 그리고 모조를 강력히 반대하는 사람은 물질주의자라고 멸시당하는데, 이는 우리 빈의 상황을 특징적으로 보여 주는 것이다. 궤변을 들어 본다면, 재료에게 가치를 부여하는 사람들은 이런 가치 때문에 재료의 몰개성에 개의치 않고 대용품을 선택할 수 있다는 것이다.

영국인들은 우리에게 벽지를 갖다주었다. 그들은 유감스럽게도 집 전체를 보낼 수는 없었다. 그런데 우리는 영국인들이 무엇을 원하는지 벽지에서 이미 알아봤다. 종이로 된 것이 부끄럽지 않은 벽지였다. 왜 그럴까? 더 비싼 내장재가 분명 있다. 하지만 영국인은 졸부가 아니다. 그들의 집에 있다 보면 돈이 불충분했다는 생각을 절대 안 하게 된다. 그들의 옷감은 양털로 되어 있는데, 양털로 되어 있는 것을 제대로 보여 준다. 복식에서 빈 사람들이 주도적이었다면, 우리는 양모를 비단이나 공단처럼 짰을 것이다. 영국의 옷감, 따라서 우리의 옷감이기도 한 그것은 비록 양모로 되어 있지만 절대 빈의 특징, 즉 "정말 그러고 싶어, 하지만 그럴 수가 없어."와 같은 특징을 보여 주지 않는다.

그리고 이렇게 해서 우리는 건축에서 가장 중요한 역할을 하는 장에, 모든 건축가의 ABC를 구성하는 모든 원칙, 피복의 원칙에 도달한 것 같다. 다음 글은 이 원리에 관한 설명이다.

피복[84]의 원리
《노이에 프라이에 프레세》(1898. 9. 4.)

예술가에게는 모든 재료가 똑같이 가치 있다지만, 예술가의 모든 목적에 똑같이 유용한 것은 아니다. 견고함과 수선 가능성은 건물의 원래 목적과는 어울리지 않는 재료를 요구한다. 이 점에서 건축가는 따뜻하고 살 만한 공간을 만들어 낼 과제를 안게 된다. 양탄자는 따뜻하고 살 만하게 한다. 따라서 건축가는 그것을 방바닥에 깔고, 사방 벽에 네 장의 양탄자를 걸어 놓을 생각을 한다. 하지만 양탄자로 집을 지을 수는 없다. 바닥용 양탄자도 벽걸이용 양탄자도 제대로 된 자리를 잡아 줄 구조적인 뼈대가 필요하다. 이 뼈대를 만들어 내는 것이 건축가의 두 번째 과제다.

그것이 건축이 가야 할 올바르고 논리적인 길이다. 왜냐하면 인류 역시 이러한 순서로 집 짓기를 배웠기 때문이다. 처음에는 옷이었다. 인간은 불쾌한 날씨로부터 자신을 보호하

---

84 피복은 독일어 Bekleidung의 번역으로, '옷, 의복, 피복' 외에도 '벽지, 판벽, 외피'라는 뜻이 있다. 이 글이 '피복의 원리'로 통용되고 있어, 기존의 선택을 따른다.

려 했고, 자는 동안 보호와 온기를 얻으려 했다. 이불은 건축의 가장 오래된 세부 항목이다. 이불은 원래 모피나 직조 기술의 생산품으로 만들어졌다. 이 의미는 여전히 게르만 언어에서 찾아볼 수 있다.[85] 이 이불은 어디선가 가져와야 했으며, 이불은 가족을 충분히 보호해야만 했다! 측면을 보호하기 위해 곧 벽이 추가되었다. 이런 순서로 인류에게서 또한 개인에게서 건축적인 사고가 발전했다.

이를 달리 실행하는 건축가들도 있다. 그들의 환상은 공간이 아닌 벽체를 만든다. 벽체가 남겨 둔 것이 공간이다. 이 공간을 위해 나중에 여기에 어울릴 법한 옷, 즉 벽지가 선택된다. 이것은 경험적인 과정에 있는 예술이다.

하지만 예술가, 즉 건축가는 우선은 자신이 불러일으키려는 효과를 느끼고, 그런 다음에는 만들고자 하는 공간을 정신적 눈으로 바라본다. 그가 관객에게 주려는 효과는 감옥에서 느끼는 두려움이나 공포와 같은 것일지도 모른다. 교회에서 느끼는 경건함, 정부 청사에서 느끼는 국가 권력에 대한 경외심, 묘비 앞에서의 숭배의 마음, 집에서 느끼는 안락함, 주점에서 느끼는 즐거움일 수도 있다. 이러한 효과는 재료와 형태를 통해 야기된다.

각각의 소재는 고유한 형태 언어가 있으며, 어떤 재료도 다른 재료의 형태를 자신의 것이라 주장할 수는 없다. 왜냐하면 형태는 각 재료의 유용성과 생산 방식으로 구성되었으며,

---

85 독일어로 이불은 Decke다. 이 단어는 일상적으로는 '모포, 모피, 돗자리', 건축에서는 '천장, 지붕'이라는 뜻이고, Decke의 동사형 decken은 '덮다, 덮어씌우다, 감추다, 보호하다' 등의 뜻이다.

재료와 함께 그리고 재료를 통해 만들어졌기 때문이다. 자신의 형태 범위에 개입하는 것을 허락하는 재료는 없다. 그런데도 그것을 감행하는 사람이 있다면, 세상은 그를 위조자로 낙인 찍는다. 그러나 예술은 위조나 거짓과는 상관이 없다. 예술의 길은 험난하지만 순수하다.

슈테판 성당의 탑을 시멘트로 만들어 어딘가에 세워 둘 수는 있다. 그러나 그렇게 만든 탑은 예술 작품이 아니다. 슈테판 탑에 적용되는 것은 팔라초 피티에도 적용되며, 팔라초 파르네세에도 적용된다. 우리는 빈의 링슈트라세 건축 양식 한가운데 이런 건축물과 함께 있는지도 모른다. 예술에게는 슬픈 시기였으며, 천민의 마음에 들기 위해 예술을 매춘하듯 팔아넘기라는 강요를 받았던 당시의 건축가들 중 소수 건축가들에게는 슬픈 시기였다. 예술가를 내버려 둘 만큼 너그러운 건축주들을 매번 만날 수 있는 사람은 소수에 불과했다. 가장 운이 좋았던 사람은 슈미트[86]였을 게다. 그다음은 한젠[87]일 텐데, 그는 기분이 좋지 않을 때면 테라코타[88] 건축에서 위안을 찾았다. 마지막 순간에 대학 건물 파사드 부분 모두를 시멘트로 덮으라는 강요를 받은 불쌍한 페르슈텔[89]은 끔찍한 고통을 참아 내야 했을 것이다. 일부 예외가 있기는 하지만 이

---

86 Friedrich von Schmidt(1825~1891). 링슈트라세 양식의 중요 건축가 중 한 명으로 신고딕 양식의 대표자. 빈 시청을 설계했다.

87 Theophil Edvard Hansen(1813~1891). 덴마크 출신 오스트리아 건축가로 고전주의와 역사주의 대표자

88 점토를 구워 장식이나 건축 자재로 쓰는 방식

89 Heinrich von Ferstel(1828~1883). 빈의 포티브 성당, 대학 본관, 예술산업박물관(현재 응용미술관)을 설계했다.

시기의 다른 건축가들은 이런 감상벽에서 자유로워지는 방법을 알고 있었다.

상황이 달라졌는가? 이 질문에 대한 대답을 면제해 주기 바란다. 여전히 건축에서는 모조와 대용품 예술이 유행하고 있다. 그래, 전보다 더. 최근에는 이러한 경향을 변호하는 일에 매달리는 사람들도 나타났다. 물론 익명으로다. 충분히 결백해 보이지는 않았기 때문이다. 아무튼 그 결과 약간 방관하고 있던 대용 건축은 더 그럴 필요가 없었다. 이제 사람들은 당당하게 구조물을 파사드에 못질하고, 예술가의 권리를 갖고 추녀돌림띠 아래에 코벨[90]을 단다. 너희, 모조의 전령들이여, 틀을 이용해 상감 세공을 하는 자들이여, 제 집 창문을 망치는 자여, 종이로 만든 맥주잔이여, 이리로 오라! 빈에 새로운 봄이 너희를 위해 만발하고 있다, 땅은 새로 거름이 되었다!

하지만 온통 양탄자로 뒤덮인 거주 공간은 모조가 아닐까? 벽이 양탄자로 만들어지지 않았으니 말이다! 확실히 그렇다. 양탄자들은 그저 양탄자이고자 할 뿐, 벽돌이고자 하지 않는다. 그것들은 절대 벽돌로 여겨지고 싶어 하지 않으며, 색채를 통해서도 무늬를 통해서도 이런 의도를 보여 주지 않는다. 양탄자는 벽면의 옷으로서의 자기 의미를 분명히 드러낸다. 피복의 원리에 따라 자신의 목적을 이루는 것이다.

이미 처음에 언급했듯이 피복은 구조보다 오래되었다. 피복을 하는 이유는 여러 가지다. 때로는 나무, 쇠 혹은 돌에 유

---

90 Corbel. 브라켓의 일종으로, 건축에서 위로부터의 압력을 지탱하기 위해 돌, 나무, 쇠 등으로 만든 구조적 장식물을 말한다. 이런 형태로 된 목재로 된 코벨은 영국에서는 '태슬(tassel)'이라고 부른다.

성 페인트를 바르는 것처럼 날씨의 횡포로부터 보호하기 위함이기도 하고, 유약 처리한 화장실 타일처럼 벽면을 보호하기 위한 위생적 이유 때문이기도 하고, 때로는 조각에 색을 칠하거나 벽에 양탄자를 걸거나 나무에 무늬목을 입히는 것처럼 특정한 효과를 주기 위해서이기도 하다. 젬퍼[91]가 처음 언급한 피복의 원리는 자연에까지도 적용된다. 인간은 피부로 덮여 있고, 나무는 껍질로 덮여 있다.

이런 피복의 원리에서부터 나도 아주 특정한 법칙을 만들어 낸다. 나는 이를 피복의 법칙이라고 부르겠다. 놀라지 마시라. 보통 말들 하기에, 법칙은 모든 발전을 끝장낸다고 한다. 그리고 예전의 장인들은 법칙 없이도 일을 잘했다. 정말이다. 도둑질이 뭔지 모르는 곳에서 이와 관련된 법칙을 제정하는 건 불필요하다. 피복에 사용되는 재료들이 아직 모조되지 않았을 때는 어떤 법칙도 만들어지지 않았다. 그러나 이제 법칙이 만들어질 때가 된 것 같다.

이 법칙은 다음과 같다. 즉 피복이 입혀진 재료가 피복과 혼동될 가능성은 무슨 일이 있어도 배제되어야 한다. 개별적인 경우에 적용해 이 법칙을 설명해 본다면, 나무는 모든 색으로 칠해도 되지만 나무 색은 안 된다. 전시 위원회가 로툰데의 모든 목재는 마호가니처럼 칠해야 한다고 결정했고, 나무를 장식하는 유일한 방법이 나뭇결 그리기인 도시에서 이 법칙은 상당히 위험하다. 이 도시에는 그런 방식을 우아하다고 생각하는 사람들이 있는 것 같다. 차량 제조에 관련한 모든 것과

---

91 Gottfried Semper(1803~1879). 독일 건축가이자 예술 이론가. 역사주의와 네오르네상스 건축 양식의 대표자이다.

함께 기차의 객차와 시내용 열차들은 영국에서 왔기 때문에, 이들은 순수한 색을 보여 주는 유일한 목제품이다. 그런 완벽한 색깔을 가진 시내용 열차 차량(특히 전기로 움직이는 차량)이 전시 위원회의 미적 기준에 맞춰 마호가니 색으로 칠해진 차량보다 훨씬 마음에 든다고 나는 이제 감히 주장한다.

그러나 물론 눈에 띄지 않게 숨어 있기는 하지만, 우리 민족 안에도 우아함에 대해 진정한 느낌이 잠재해 있다. 그러지 않았더라면 철도청은 갈색 차량, 그러니까 나무 색으로 칠한 3등 칸이 초록으로 칠한 2등 칸이나 1등 칸보다 우아한 느낌을 덜 불러일으킨다는 생각은 못 했을 것이다.

언젠가 나는 어떤 동료에게 이 무의식적인 느낌을 노골적으로 입증한 적이 있다. 어떤 건물 2층에 두 집이 있었다. 한 집의 세입자는 갈색으로 칠해져 있던 십자 창살을 자비를 들여 흰색으로 칠하게 했다. 우리는 내기를 하기로 했다. 그래서 일정 수의 사람들을 이 집 앞으로 데려와, 십자 창살이 다르다는 것은 알려 주지 않은 채, 우리가 세를 준다면 그들의 느낌상 어떤 집에 플룬첸그루버 씨가 살고, 어떤 집에 리히텐슈타인 영주가 살아야 마땅해 보이는지 물어볼 참이었다. 모두가 창살을 나무색으로 칠한 곳이 플룬첸그루버의 집으로 적당하다고 했다. 이후 나의 동료는 더욱더 희게 칠했다.

나무에 나무 무늬를 넣는 것은 당연히 우리 세기의 발명품이다. 중세에는 나무를 화려한 빨간색으로 칠했고, 르네상스 시대에는 파란색으로, 바로크 시대와 로코코 시대에는 내부는 희게, 외부는 초록색으로 칠했다. 우리의 농부들은 여전히 아주 건강한 감각을 유지하고 있어 완벽한 색을 칠한다. 시골의 초록색 문과 초록색 울타리, 초록색 블라인드는 하얗게 새로 칠한 벽과 함께 멋진 효과를 주지 않는가. 하지만 유감스럽게도 이미 몇몇 지역에서는 우리 전시 위원회의 취향을 익히고 말았다.

유성 페인트로 칠한 최초의 가구들이 영국에서 빈으로 들어왔을 때, 대용품 공예 창고에서 발생한 도덕적 격분을 사람들은 아직도 기억할 것이다. 이 용감한 사람들은 색을 칠한 것 때문에 화를 낸 것이 아니다. 빈에서도 무른 나무가 사용되자 유성 페인트를 사용했다. 그러나 영국 가구는 단단한 나무를 모조하는 대신 유성 페인트를 과감하게 솔직히 드러내 보였다. 이는 유난히 경건한 그 사람들을 아주 화나게 만들었다. 이들은 눈을 부릅뜨고 유성 페인트를 전혀 사용하지 않은 척했다. 아마 이분들은 지금까지 자신들이 모조한 가구와 건축 재료가 단단한 목재로 보인다고 생각한 듯하다.

내가 이런 생각을 갖고 있으면서도 페인트공 전시회에서 누구의 이름도 언급하지 않는다면, 분명 나는 이 조합원들의 감사를 받을 것이다.

석고 장식가에 관해 말하자면, 피복의 원리는 다음과 같이 설명할 수 있다. 즉 석고 세공은 모든 장식을 만들어 낼 수 있지만, 단 한 가지, 조적만은 할 수 없다. 덧칠하지 않은 벽돌 건축물은 만들어 낼 수 없다. 이런 당연한 것을 말하는 것은 불필요하다고 생각하겠지만, 사람들은 최근에야 어떤 건축물에 주의를 돌리기 시작했다. 회벽은 붉은색으로 칠해졌고, 흰색의 이음새가 있는 건물이다. 그리고 장방형의 돌을 모방한 아주 사랑받는 부엌 장식도 이 집에 있다. 이렇게 벽 피복에 사용되는 모든 재료들, 즉 벽지, 방수포, 천, 양탄자, 벽돌과 장방형 돌은 모조되어서는 안 된다. 이를 통해 사람들은 트리코

92 스타킹을 신은 우리 무용수들의 다리가 왜 그렇게 미학적으로 보이지 않는지 이해하게 된다. 편물로 된 옷은 어떤 색으로 염색해도 되지만 살구색은 안 된다.

피복되는 재료와 피복용 재료가 동일한 색일 경우에는, 피복되는 재료는 원래 색깔을 유지할 수 있다. 따라서 나는 검은색 쇠를 타르로 칠할 수 있으며, 나무를 색칠하지 않은 다른 나무로 덮어씌울 수 있다(무늬목 붙이기, 상감 세공하기 등). 불이나 갈바니 도금으로 금속에 다른 금속을 덮을 수도 있다. 하지만 피복의 원리는 염료를 써서 그 아래 있는 재료를 모방하는 것은 금한다. 따라서 쇠를 타르로 칠할 수 있고, 유성 페인트로 도색하거나 갈바니 도금으로 덮을 수는 있지만, 청동색 그러니까 금속 빛깔로는 절대 도색하면 안 된다.

여기서 샤모트[93] 판과 인조 석판도 언급할 만하다. 이것들은 한편으로는 테라초 포석(모자이크)을, 다른 한편으로는 페르시아 양탄자를 모조한 것이다. 물론 이것이 진짜라고 믿는 사람들이 있다. 공장이 고객의 마음을 꿰고 있는 게 분명하다.

그러나 아니다. 자네들 모조자, 그리고 대용품 건축가들이여, 자네들이 틀렸다. 자네들의 크고 작은 수단으로 기만하기에는 인간의 영혼은 드높고 고상하다. 가난한 시골 소녀의 기도는 진짜 재료로 지어진 교회 안에서 더욱더 큰 힘으로 하늘을 향할 것이다. 똑같이 열렬한 마음이지만 대리석처럼 칠

---

92 세로뜨기로 된 트리코 천을 재단하여 봉제한 양말로 두껍기 때문에 올이 잘 풀리지 않아 실용적이다.

93 대화 점토를 섭씨 1300~1400도로 가열한 후, 분쇄하여 입자로 만든 것. 대화 벽돌의 제조에 사용한다.

해진 석고벽 사이에서 예배를 드릴 때보다 말이다. 물론 자네들은 우리의 가련한 육체를 자네들의 손아귀에 쥐고 있다. 진짜인지 가짜인지 구분하기 위해 우리의 육체는 오감에 의존할 뿐이다. 그러나 인간의 감각 기관으로는 더는 충분하지 않은 곳, 바로 그곳에서 확실히 자네들의 영역이 시작된다, 그곳은 자네들의 제국이다. 하지만 또다시 말하지만, 자네들이 틀렸다. 나무 지붕을 제대로 칠하라, 정말 최고로 세공해 보라. 가련한 눈은 그것을 진심으로 받아들일 것이다. 하지만 신적인 영혼은 자네들의 속임수를 믿지 않는다. 그 영혼은 박아 넣은 듯 그려진 최고의 상감 세공에서 그저 유성 페인트를 인식할 뿐이다.

내 인생에서(1903)

길을 가다가 유명한 현대 실내 장식가 X 씨를 만났다.

나는 말을 건넸다.

"안녕하십니까. 선생님이 꾸민 집을 어제 보았습니다."

"그래요. 근데 어떤 집을 보셨나요?"

"Y 박사 집이요."

"뭐라고요, Y 박사 집이라고요. 세상에. 그런 쓰레기는 눈여겨보지 마세요. 제가 벌써 삼 년 전에 작업한 거예요."

"그거 설마 아니죠! 보세요, 박사님, 저는 우리 사이에 근본적인 차이가 있다고 늘 생각했어요. 근데 이제 보니 그저 시간이 문제였군요. 그것도 몇 년이라는 시간의 차이요. 삼 년이라! 저는 당시에 벌써 그게 쓰레기라고 주장했습니다. 그런데 선생께서는 오늘에야 그 말씀을 하시는군요!"

불필요한 것들

《메르츠》(1908. 8. 1.)

이제 그들은 함께 모여 뮌헨에서 회의를 했다. 그들은 또다시 자신들이 우리의 산업과 수공업자들에게 얼마나 중요한지 설명했다. 그들은 자신들의 존재를 정당화하기 위해 처음에는, 그러니까 십 년 전에는, 수공업에 예술을 도입해야만 한다고 했었다. 사실 수공업자는 이를 할 수 없다. 그러기에는 너무 현대적이다. 현대적인 인간에게 예술은 고상한 여신이다. 그래서 그는 일용품을 위해 예술을 욕되게 하는 것은 예술 살해라고 생각한다.

소비자도 그렇게 생각했다. 우리의 현대 문화에 대한 이비 문화인들의 공격은 격퇴된 듯 보였다. 잉크병(물의 요정 둘이 있는 암초), 촛대(소녀가 항아리를 들고 있고, 그 항아리에 초를 꽂는다.), 가구들(협탁은 작은 북이며, 찬장은 커다란 북으로, 이 북에는 빙 돌아가며 가지를 뻗은 너도밤나무 모습이 실톱으로 세공되어 있다.)은 팔리지 않고 있다. 그것을 샀다 해도, 이 년 뒤에는 이 소유물을 창피해할 것이다. 예술은 아무것도 아니었다. 하지만 어차피 그런 상황이니 그냥 살아야만 한다. 그때 사람들은 쓰러진 예술을 부축해 일으킬 해결책을 찾아야겠다는 생각을 했다.

그것도 뜻대로 되지는 않는 듯하다. 공통의 예술(이는 단 하나뿐이다.)은 공통의 형태를 만들어 낸다. 그런데 반 데 벨데가 만든 가구의 형태들은 요제프 호프만의 가구와는 완전히 다르다. 이제 독일인은 어떤 문화를 택해야 할까? 호프만의 문화인가 반 데 벨데의 문화인가? 아니면 리머슈미트[94]의 문화? 요제프 울브리히의 문화?

내 생각에는 문화도 아무것도 아니다. 왜냐하면 응용 예술가들의 풍부한 활동이 국가와 생산자들을 위한 국가 경제적 문제라는 목소리가 이미 팽배해 있었기 때문이다. 이 말은 생산자들 사이에서 사흘간 돌았다.

하지만 나는 묻는다. 우리에게 응용 예술가가 필요한가?

아니다.

이제까지 이 불필요한 존재들을 자신들의 작업장에서 멀리할 줄 알았던 제조업들은 그들 능력의 최고에 도달해 있다. 이 제조업의 생산품만이 우리 시대의 양식을 대표한다. 그것들은 우리 시대의 양식을 보여 주어, 우리는 이들을(유일한 판단의 기준을) 양식이라 생각하지 않는다. 이 제품들은 우리의 생각과 느낌과 함께 자랐다. 우리의 차량, 유리, 광학 기구, 우산과 지팡이, 가방과 마차, 은으로 된 담뱃갑, 장신구, 세공된 보석, 옷은 현대적이다. 이것들은 그렇다. 왜냐하면 이것들을 만드는 작업장에서는 아직 부적격자가 후견인인 양 뽐내려

---

94 Richard Riemerschmid(1868~1957). 독일 화가, 건축가, 디자이너. 유겐트슈틸의 대표자. 가구와 실내 장식, 주택 등을 디자인했다.

들지 않기 때문이다.

확실히 우리 시대의 문화화된 상품들은 예술과는 아무 관계도 없다. 예술 작품이 일용품과 연결되었던 야만의 시대는 완전히 지나갔다. 예술에게 축복을. 언젠가 19세기는 인류사의 위대한 장으로 헌정될 것이기 때문이다. 예술과 공예를 명확히 분리하는 위대한 행위를 이뤘다고 말이다.

일용품을 치장하는 것이 예술의 시작이다. 파푸아인은 집안 가재도구를 온통 장식으로 덮는다. 예술이 일상품, 즉 공예 생산품에서 해방됨으로써 어떻게 세속화에서 자유로워지려 했는지 인류의 역사는 보여 준다. 17세기에 술 마시는 사람들은 아마존 전투가 새겨진 커다란 술잔으로 아무렇지도 않게 술을 마실 수 있으며, 음식을 먹는 사람은 프로세피나[95]의 납치가 그려진 접시에서 고기를 썰어 먹을 수 있는 신경을 가졌다. 우리는 그러지 못한다. 우리는. 우리 현대적 인간은.

우리가 예술을 수공업과 분리하려고 들기 때문에 우리는 예술의 적이란 말인가? 그러나 (눈물을 글썽인 채 과거 시대를 생각해 보면) 알브레히트 뒤러[96]는 구두를 재단해도 되었던 반면, 오늘날의 비현대적인 예술가들은 구두 공장에서 자신들의 도움을 필요로 하지 않는다고 불평할지도 모른다. 하지만 16세기가 아니라 현재에 사는 것을 행복해하는 현대인은 예술을 그렇게 오용하는 것을 미개하다고 생각한다.

우리의 정신적 삶에 축복을. 왜냐하면 『순수 이성 비판』

---

95 페르세포네라고도 불린다. 농업의 여신 데메테르의 딸로 지하 세계의 신 하데스에게 납치된다. 페르세포네의 납치는 많은 예술가들의 작품 소재가 되었다.

96 Albrecht Dürer(1471~1528). 독일 뉘른베르크 출신의 르네상스 화가, 삽화가, 수학자, 예술 이론가

은 베레모에 타조 깃털 다섯 개를 꽂고 다니는 남자에 의해서는 써질 수 없으며, 9번 교향곡은 접시만 한 바퀴를 목에 달고 다니는 남자에 의해 창작될 수 없으며, 괴테가 사망한 방이 뒤러가 하나하나 스케치했을 한스 작스의 구둣방보다 멋지기 때문이다.

18세기는 학문을 예술로부터 해방했다. 이전에 사람들은 아틀란트[97]들을 해부학적으로 그렸다. 동판화로 세밀하게 그려진 그리스의 신들은 뱃가죽이 없는 것처럼 보였다. 그리고 메디치의 비너스[98]의 창자는 밖으로 드러나 있었다. 오늘날에도 사람들은 연시(年市)에서 바이에른의 히아젤[99]들에게 이 해부학용 비너스에 관한 전문 지식을 가르친다.

우리에게는 목공 문화가 필요하다. 응용 미술가들이 다시 그림을 그리거나 길을 되돌아간다면, 그런 문화를 갖게 될지도 모른다.

---

97 아틀란트 혹은 아틀라스. 그리스 신화에 등장하는 티탄 중 하나로, 제우스에 맞섰던 인물이다. 티탄들이 제우스에게 토벌당하자 아틀라스는 그 벌로 대지(가이아)의 서쪽 끝에 서서 하늘(우라노스)을 떠받드는 형벌을 받게 되었다.

98 Mediceische Venus. 오스트리아의 요제프 2세는 1784~1788년 빈의 외과 대학을 위해 피렌체에 1192개의 의학용 밀랍 인형을 주문했다. 메디치 비너스는 이 인형 중의 하나로 금발의 여성 모습에 목에는 진주목걸이를 했고 목걸이 아래부터 하복부까지 장기가 다 드러난 모양으로, 분해 가능하다.

99 Bayerischer Hiasel. 본명은 마티아스(혹은 마태우스) 클로스터마이르. 1736년 키싱에서 태어났다. 사냥꾼 출신으로 슈바벤과 바이에른 경계에서 활약하는 도둑 떼의 수장이 되었고, 나중에 잡혀 처형당했다. 살아 있을 때부터 악명이 높았다. 그는 무고한 사람들을 해치기도 했지만 가난한 계층 사람들에게는 민중 영웅이었다. 오늘날에도 수많은 일화, 노래와 전설에 등장한다.

가난한 부자에 관하여
《노이에스 비너 탁블라트》(1900. 4. 26.)

가난한 부자에 대해 얘기하려 한다. 그에게는 돈과 땅이 있고, 사업 때문에 생긴 걱정을 그의 이마에 키스함으로써 사라지게 해 주는 지조 있는 아내, 한 무리의 아이들이 있었다. 그가 부리는 노동자 중 가장 가난한 사람은 이 모든 것을 부러워할 법했다. 친구들은 그를 사랑했고, 이웃 시민들은 그를 높이 평가했다. 하지만 모두 그를 시샘했다. 왜냐하면 그가 손대는 일은 점점 흥했기 때문이다. 하지만 오늘 상황은 정말 다르다. 그렇게 되어 버렸다.

어느 날 이 남자는 곰곰이 생각했다. 너에겐 돈과 땅이 있고, 지조 있는 아내가 있다. 제일 가난한 노동자가 부러워할 모든 걸 소유했다. 그런데 대체 넌 행복한가, 정말 행복한가? 봐, 네가 남들의 부러움을 사는 모든 것, 그런 게 없는 사람들이 있어. 하지만 그들의 걱정은 위대한 마술사를 통해 단박에 사라지지. 예술이야. 근데 너한테 예술은 무엇인가? 너는 예술의 이름도 몰라. 모든 허풍선이가 네게 명함을 내밀 수는 있어. 그러면 네 하인들은 여닫이문을 활짝 열어젖히지. 하지만 너는 아직 예술은 맞이하지 못했어. 나는 잘 알아, 예술은 오지 않는다는 걸. 하지만 난 예술을 찾고 말 테야. 예술은 여왕처럼 내 집으로 들어와, 내 집에서 살아야 해.

그는 활력 넘치는 남자였다. 착수한 일은 전력을 다해 완성했다. 사업을 할 때는 늘 그랬다. 그는 그날로 유명한 건축가에게 가서 말했다. 제게, 저희 집의 네 기둥 안에 예술을 가져다주십시오. 비용은 상관없습니다.

건축가는 두말하지 않았다. 그는 부자네 집으로 가서 가구를 모두 끄집어내고는, 널마루 짜는 사람, 격자 받침대 만드는 사람, 에나멜 입히는 사람, 도배장이, 미장이, 칠장이, 목수, 배관공, 철물공, 도공, 양탄자 까는 사람, 화가, 조각가 무리를 불러들였다. 하! 당신은 못 봤을 거다. 예술이 붙잡혀, 차곡차곡 상자에 들어가 부잣집 네 기둥 안에 잘 갇혔다.

부자는 너무 행복했다. 너무 행복해서 새로 치장한 방들을 돌아다녔다. 보이는 곳마다 예술이었다. 여기도 저기도 모두 예술이었다. 손잡이를 잡으면 예술을 잡는 것이고, 의자에 앉으면 예술 위에 앉는 것이었으며, 피곤해서 베개에 머리를 묻으면 예술에 머리를 묻는 것이었고, 양탄자 위를 걸으면 발이 예술 속에 빠지는 것이었다. 엄청난 열정으로 그는 예술을 탐닉했다. 예술적으로 장식된 접시가 마련된 뒤부터 그는 양파를 다져 넣은 미트볼 스테이크를 한 번 더 아주 확실하게 두 쪽으로 갈랐다.

사람들은 부자를 칭송했고 부러워했다. 예술 잡지는 일련의 후원자 중 일등 고객의 한 사람으로 그의 이름을 기렸고, 그의 방들은 모범이며 주의를 기울일 만한 것으로 정확히 묘사되고 설명되고 해설되었다.

그의 방들은 정말 그럴 만했다. 각 방은 완벽한 색채의 향연이었다. 벽, 가구, 천 들은 이루 말할 수 없이 세련된 조화를 이뤘다. 모든 집기들은 딱 어울리는 자리에 놓였고, 다른 것들과 함께 놀라운 조합을 만들어 냈다. 건축가가 신경 쓰지 않은 것은 하나도, 정말 하나도 없었다. 시가 커터, 식기, 불 끄는 도구, 모든 것, 모든 것을 구상했다. 그런데 그것들은 일반적인 건축 예술이 아니었다. 아니다, 장식 하나하나, 형식 하나하나, 못 하나하나에는 방 소유자의 개성이 표현되었다. 일종의 심리적 작업으로, 그 어려움은 누구나 분명히 알 것이다.

그러나 그 건축가는 모든 존경을 겸양했다. 그는 말했다. "이 방들은 제 것이 아닙니다. 저기 구석에는 샤르팡티에[100]의 조각상이 있습니다. 누군가 어떤 방을 자신이 설계한 것이라고 억지 주장한다면, 저는 정말 화가 날 겁니다. 혹시 그가 나의 문고리 중 단 한 개라도 사용한다면, 저도 약간은 주제넘은 짓을 할 수 있습니다. 이 방의 나의 정신적 소유물이라고 억지 주장하는 거죠." 고상하고 논리에 맞는 말이다. 본인 방의 벽을 월터 크레인[101]의 벽걸이로 장식하고는, 방 안의 가구들은 자신이 고안하고 완성했기 때문에 자기 것이라고 주장하려는 목수는 이런 말을 하면서 그의 시커먼 속내 가장 깊은 곳에서는 창피해했을 것이다.

다시 우리의 부자 이야기로 돌아오자. 그가 얼마나 행복했는지 이미 말했다. 그는 이제 대부분의 시간을 자기 방을 연구하는 데 보냈다. 배워야 한다고 생각했기 때문이다. 기억해

---

100 Alexandre Charpentier(1856~1909). 프랑스 조각가
101 Walter Crane(1845~1915). 영국의 삽화가이자 화가, 디자이너

야 할 것이 아주 많았다. 각각의 물건들에는 정해진 자리가 있었다. 건축가는 지나치게 세심하게 배려했다. 그는 모든 것을 미리 다 생각해 두었다. 제일 작은 상자도 제자리가 정해져 있었다.

집은 안락했지만 머리를 아프게 만들었다. 그래서 건축가는 얼렁뚱땅 실수를 저지르지 못하도록 첫 주에는 사는 것을 감독했다. 부자는 온갖 노력을 다했다. 하지만 결국 일이 터졌다. 부자는 뭔가 생각하다가 들고 있던 책을 신문을 넣는 칸에 넣어 버렸다. 어떤 때는 등을 놓으려고 탁자를 오목하게 파 놓는 곳에 담뱃재를 문질러 털기도 했다. 사람들은 어떤 물건을 집었다가는 원래 자리를 찾으려고 물어도 보고 여기저기에 놓아 보기도 했다. 이런 일이 한도 끝도 없었다. 때로 건축가는 성냥갑 자리를 찾기 위해 자리 배치를 그린 상세도를 펼쳐 봐야 할 때도 있었다.

응용 예술이 성공을 거두었으니 응용 음악도 빠질 수 없었다. 이제 부자는 이런 생각에 몰두했다. 그는 전차 조합에 청원을 넣어, 의미 없는 종소리 대신에 파르지팔의 종소리 모티브를 사용하는 차장을 써 달라고 했다. 하지만 이 요청은 승낙받지 못했다. 그곳 사람들은 이런 현대적인 생각을 받아들일 만큼 섬세하지 못했다. 대신 그의 집 앞 포장도로를 사비로 까는 것은 허락해 주었다. 이로써 그 집 앞을 지나는 마차는 라데츠키 행진곡의 리듬을 내며 굴러갈 수밖에 없었다. 부자의 방들에 있는 전자 경보 장치도 바그너나 베토벤의 모티브가 들어 있어, 초대받은 모든 예술 평론가들은 부자에게 칭찬을 아끼지 않았다. 이 사람은 일용품의 예술에 새로운 영역을 열어 주었다고 말이다.

이 모든 개혁이 부자를 더욱 행복하게 만들었을 거라고 짐작할 것이다.

그러나 그가 웬만하면 집에 오래 있지 않기로 한 것을 숨겨서는 안 되리라. 그렇다, 사방에 널린 수많은 예술에서 벗어나 가끔 쉬고 싶기도 한 것이다. 혹시 당신은 예술품으로 가득한 갤러리에 살고 싶은가? 몇 달씩 「트리스탄과 이졸데」 앞에 앉아 있고 싶은가? 그가 자기 집을 위해 카페에서, 레스토랑에서 혹은 친구들이나 지인들 틈에서 새로운 힘을 얻는다고 한들, 누가 그를 나쁘게 생각하겠는가? 하지만 그는 이것을 다르게 생각했다. 예술에는 반드시 희생자가 필요하다. 하지만 그는 벌써 많은 걸 희생했다. 그의 눈가는 촉촉해졌다. 그는 오래된 많은 물건들을 생각했다. 그가 정말 사랑했지만 이제는 사라져 버린 많은 것들을 말이다. 그 커다란 안락의자! 아버지는 늘 그 의자에서 낮잠을 주무셨다. 그리고 옛날 그 시계! 그리고 그 그림들! 하지만 예술이 요구한다! 감상적이 되어서는 안 된다고!

그는 언젠가 자신의 생일 파티를 한 적이 있었다. 아내와 아이들이 그가 좋아하는 선물을 많이 주었다. 선물들은 정말 그의 마음에 들었다. 그리고 곧 건축가가 왔다. 자격에 따라 모든 것을 살펴보고 어려운 문제에서 결정을 내려 주기 위해서였다. 집주인은 그를 반색하며 맞았다. 하고 싶은 말이 많았기 때문이었다. 하지만 건축가는 집주인의 기쁨을 보지 못했다. 완전히 다른 문제를 발견했기 때문이었다. 건축가는 얼굴이 창백해졌다. "대체 무슨 실내화를 신고 계신 건가요." 그는 겨우 입을 열었다.

집주인은 자신의 수놓인 신발을 내려다보았다. 하지만 마음이 놓인다는 듯 안도의 숨을 쉬었다. 이번에는 전혀 잘못한 게 없다고 생각했다. 그 신발은 건축가의 디자인에 따라 만든 것이기 때문이었다. 그래서 의기양양하게 대답했다.

"선생님! 벌써 잊으셨군요! 이 신발은 선생님이 디자인하셨잖습니까!"

"물론 그렇죠." 건축가는 호통을 쳤다. "하지만 침실용입니다. 주인께서는 비상식적인 두 컬러 얼룩으로 전체 조화를 깨셨습니다. 이 사실을 전혀 알아차리지 못하시는군요."

집주인은 알아차린 것 같았다. 그는 곧바로 신발을 벗었다. 양말도 어울리지 않는다는 소리를 안 들은 게 얼마나 다행인지 몰랐다. 집주인과 건축가는 침실로 갔다. 여기서는 아까 그 신발을 신어도 되었다.

집주인은 주저하며 말을 꺼냈다. "어제 생일 파티를 했습니다. 가족들이 선물로 나를 정말 감동시켰죠. 물건들을 어떻게 하면 제일 잘 놓을 수 있을지 조언을 구하려 선생님을 모셔 오라 했습니다."

건축가의 얼굴은 눈에 띄게 침울해졌다. 그러더니 갑자기 말을 쏟아 내기 시작했다.

"대체 왜 선물을 하게 내버려 두셨습니까? 모든 것을 다 해 드리지 않았습니까? 다 배려해 드리지 않았습니까? 선생님은 아무것도 더 필요하지 않으십니다. 완벽하십니다."

"하지만……" 집주인은 작정을 하고 대꾸를 했다. "제가 뭔가 더 사들여도 되지 않을까요?"

"아뇨, 그러시면 안 됩니다. 절대로! 그걸로 난 이미 끝장이 났어요. 내가 디자인하지 않은 물건들이라니! 내가 선생님 집에 샤르팡티에의 조각을 세워 둔 것으로 충분하지 않으신

가요? 이 조각, 이게 내 작업의 모든 명성을 훔쳐 갔어요! 아뇨, 더는 아무것도 사들이시면 안 됩니다!"

"손자가 유치원에서 만든 걸 선물하면요?"

"받으시면 안 됩니다."

집주인은 기가 꺾였다. 그러나 아직 지지는 않았다. 한 가지 생각이 떠올랐다, 그래, 생각이 떠올랐다!

"그럼 제가 분리파에서 그림 한 점을 사고 싶다면요?" 집주인은 의기양양하게 물었다.

"그렇다면 그 그림을 어딘가에 걸려고 하시겠죠. 하지만 더는 자리가 없다는 게 안 보이십니까? 제가 선생님을 위해 걸어 놓은 모든 그림들이 벽에 틀을 갖고 있고, 이것으로 벽에는 조화가 이뤄진 게 안 보이십니까? 그림 한 점도 옆으로 밀지 마세요. 새 그림은 아래쪽에 놓도록 하세요."

그때 부유하고도 부유한 이 남자의 내면에 변화가 일어났다. 이 행복한 남자는 갑자기 정말 불행하다고 느꼈다. 그는 미래의 삶이 눈앞에 보였다. 이제 더는 그 누구도 그에게 기쁨을 줄 수가 없었다. 아무 욕망도 없이 이 도시의 상점들을 지나쳐야만 했다. 그를 위해 이제 더는 아무것도 생산되지 않는 거나 마찬가지였다. 그가 사랑하는 사람 중 그 누구도 이제 더는 그에게 그림을 선물할 수 없었다. 이제 그를 위한 화가도, 예술가도, 수공업자도 존재하지 않았다. 그는 미래의 삶과 죽음에서 제외되었고, 뭔가를 구하려고 애쓰고 소망하는 것에서 제외되었다. 그는 그럼 이제는 죽은 것이나 다름없는 자신의 몸뚱이를 끌고 다니는 법을 배워야 하는 게 아닐까 생각되었다. 그렇다, 그는 더 할 것이 없다! 그에게 있어 모든 것이 완벽히 갖추어져 있었다!

손 떼!(1917)

믿어 달라, 나도 한때는 어렸었다! 독일 공작연맹, 오스트리아 공작연맹, 기타 등등의 다른 연맹 회원들처럼 말이다. 또 아직 소년이었을 때는 우리 집 가재도구를 뒤덮고 있던 아름다운 장식들을 좋아하기도 했으며, 공예품이라는 단어에(우리가 어제는 응용 예술이라고 했고 오늘은 수공품이라고 부르는 것을 당시에는 이렇게 불렀다.) 취하기도 했다. 또 내 몸을 발끝까지 훑어보고, 재킷, 조끼, 바지, 구두가 예술, 공예품, 응용 예술, 그러니까 예술과는 전혀 어울리지 않는다는 사실을 발견하고는 깊은 슬픔에 빠지기도 했다.

그러나 나는 점점 나이를 먹어 갔고, 예전에는 재킷이 장롱과 조화를 이뤘다는 사실을 젊은 시절 깨닫기도 했다. 당시 두 가지에는 장식이 있었고, 둘 다 동일한 예술 사조에 바탕을 두고 있었다. 그래서 내게 남은 것이라고는, 오늘날의 장식이 없는 재킷이 옳은지, 아니면 르네상스 양식, 로코코 양식, 엠파이어 양식의 전래된 장식이 달린 오늘날의 장롱이 옳은지 깊이 생각해 보는 것뿐이다. 재킷이나 장롱 모두 우리 시대의 정신에 어울려야 한다는 데 우리는 의견의 일치를 보았다. 나와 다른 사람들이. 하지만 나는 내 어린 시절의 꿈과 작별을 했지만, 다른 사람들은 그 꿈에 충실했다. 그리고 그때부터 우리가 더는 의견의 일치를 보지 못했다. 나는 재킷에 한 표를 던졌다. 재킷이 옳다고 말했다. 나는 재킷이 우리 시대의 정신 속에서 만들어진 것이고, 장롱은 그러지 못했다고 생각했다. 재킷은 장식이 없었다. 그래, 좋다. 그런 생각에 나는 마음이 편치 않았지만, 생각을 고수했다. 우리 시대도 장식이 없다. 뭐, 장식이 없다고? 그렇다면《유겐트》[102],《독일 예술과 장식》,《장식 예술》과 같은 온갖 종류의 잡지에서 나온 장식들은 대체 어디에서 싹을 틔우고 꽃을 피우고 있는가? 그래서 나는 이 일을 생각하고 또 생각해 봤다. 그러자 마음이 아팠다. 새롭게 발명된 이 장식들은 과거 양식의 잘못된 모방보다 우리의 시대와 훨씬 관련이 적다는 것을 알아냈다. 그것들은 유감스럽게도 시대와의 연관성을 잃어버린 개별자의 병적 망상에 불과하다는 것을, 한마디로 내가 강연「장식과 범죄」에서 상세히 설명했던 것임을 알게 되었다.

다시 말한다. 내가 입고 있는 옷은 정말로 우리의 시대정신 속에서 만들어졌고, 죽을 때까지 나는 이를 믿을 것이다. 어쩌면 세상에서 이런 믿음을 가진 유일한 사람일지 모른다고 해도 말이다. 나는 이런 우리의 시대정신을 품고 있는 많은 다른 물건들도 발견했다. 신발, 장화, 짐 가방, 마구(馬具), 담배 상자, 시계, 진주목걸이와 반지, 지팡이와 우산, 마차와 명

---

102 Jugend. 아르누보 디자인을 특징으로 하는 뮌헨의 잡지. 이 잡지 이름에서 유겐트슈틸, 즉 유겐트 양식이라는 용어가 나왔다.

함 등이 그것이다. 이와 함께 동시에 전혀 다른 시대를 보여 주는 우리의 공예품들도 있다. 나는 이런 극단의 대립 이유를 찾아보려 했다. 그 이유를 쉽게 찾았다. 내가 보기에는 시대에 맞지 않는 모든 작품들은 예술가와 건축가에게 종속되어 버린 수공업자들이 만든 것이었다. 반면 시대에 어울리는 작품들은 건축가로부터 설계도를 건네받지 않은 수공업자들이 만든 것이다.

그대들이 시대에 어울리는 수공업자를 원한다면, 그대들이 시대에 어울리는 일용품을 원한다면, 건축가들을 독살하라. 이 문장은 나한테는 번복할 수 없는 사실이었다.

벌써 이십 년이 지났는데, 당시 나는 아주 영리하게 이런 제안을 발설하는 것을 조심했다. 나는 겁쟁이였고 결과를 두려워했다. 그래서 다른 길로 방향을 바꾸었다. 내 자신에게 말했다. 나는 목수에게 가르칠 거야, 아직 한 번도 작업장에서 건축가의 간섭을 받은 적이 없는 듯 일하라고 말이야.

생각이 행동보다 쉬웠다. 그것은 백 년 동안 모든 사람이 마치 가면무도회에서처럼 그리스, 불가리아, 이집트풍 혹은 로코코풍의 옷을 입고 돌아다닌 뒤에, 어떤 남자가 우리의 현대식 남성복을 발견하는 것과 같았다. 하지만 재봉 기술을 눈여겨보면서 나는 말할 수 있었다. 백 년은 그리 큰 변화를 가져오지 못했다고. 백 년 전에 사람들은 금빛 단추가 달린 파란 연미복을 입었는데, 오늘날에는 검은 단추가 달린 검은 연미복을 입는다. 그것이 재봉 기술에서 볼 때 정말 완전히 다른 것이란 말인가?

나는 생각했다. 혹시 이 저주받을 건축가들이 오늘날의 것과 연결될 뭔가를 목공 분야에도 남겨 놓지 않았을까, 혹시 목공 작업소 안에서 뭔가가 건축가의 저주받을 손을 피해서, 건축가의 도움 없이 고요히 발전의 걸음을 떼고 있는 것은 아닐까? 나는 잠자리에서 일어날 때나 잠이 들 때나, 먹고 마실 때도, 산책을 할 때도, 한마디로 언제 어디서나 이런 생각을 했다. 그때 내 눈길은 옛날식 수세식 변기 뒷벽이 되는, 목재로 씌운 훌륭한 구식 물통에 닿았다. 내가 찾던 것이 거기 있었다!

이 무슨 행운인가! 우리가 씻기 위해 사용하는 모든 물건들도, 욕실과 세면대, 한마디로 모든 위생 용품이 예술가들한테 훼손되지 않고 남아 있었다. 아마 침대 아래에는 예술가들의 손에 의해 로코코의 장식으로 치장된 몇몇 그릇들이 있을지도 모르지만, 그런 것들은 아무 드물었다. 그리고 각각의 목공 작업 역시, 충분히 고상하지 않은 것으로서, 응용 예술을 가까스로 피했다.

그러면 이렇게 목재로 씌운 것에서 본질적인 것은 무엇이었나?

여기서 목공 기술에 대해 몇 마디 하는 것을 양해해 주기 바란다. 목수는 여러 방식으로 나무를 한 면에 이을 수 있다. 그중 하나는 틀을 짜고 그것을 채우는 방식이다. 틀과 채움목 사이에 이를 연결하는 요철 모양의 살을 끼워 넣거나, 채움목이 거의 항상 아래쪽에 놓이기 때문에, 틀에 홈을 판다. 채움목은 틀보다 0.5센티미터 아래 연결목 없이 놓인다. 이게 전부다. 백 년 전에는 정확히 이렇게 했다. 이제 나는 이 형태에서 아무것도 변하지 않았으며, 빈 분리파와 벨기에 모더니즘이 갑자기 우리를 습격할 때 사용했던 모든 시도가 오류였다는 확신이 들었다.

따라서 지난 세기의 판타지 형식의 자리에, 지난 시기의 번성한 장식이 차지했던 자리에 순수하고 꾸밈없는 구조가 들어와야만 했다. 직선, 직각의 모서리. 눈앞의 목적과 자기 앞의 재료와 공구 외에 아무것도 없는 수공업자는 이렇게 작업한다.

동료 한 명(현재는 빈 건축의 지도적 인물이다.)이 언젠가 내게 이런 말을 했다. "그들의 생각은 값싼 작업에나 해당되는 거야. 백만장자의 집을 꾸며야 한다면 그들이 무엇을 하겠어?" 그의 입장에서 본다면 그의 말이 맞다. 사람들이 비싼 물건에서 알아차리는 것은 환상적인 형태, 장식이 전부다. 아직 진정한 질적 차이는 알지 못했다. 그러나 건축가들이 그냥 내버려 두었던 수공업자에게는 이미 이런 차이가 있었다. 신발 잡지에 실린 똑같은 도안을 바탕으로 두 명의 신발공이 작업을 했다고 해도, 한 사람은 10크로네를, 다른 사람은 50크로네를 받는 것에 아무도 놀라지 않는다. 그러나 목수가 경쟁자보다 50퍼센트 비싼 가격을 불렀다면, 그 사람은 정말 안됐다! 그 분야에서는 재료와 작업에 따라 아무 차이도 나지 않고, 나은 작업을 제공하려던 그 귀한 남자는 사기꾼이라 비난받았다.

그래서 이 훌륭한 작업자는 그것을 포기하고는 다른 사람처럼 나쁜 작품을 제공했다. 이런 일도 우리는 예술가 덕으로 돌려야 할 것이다.

생각해 보라. 귀한 재료와 좋은 작업은 부족한 장식을 그저 메울 뿐만 아니라, 훌륭함에서 장식을 훨씬 능가한다. 그렇다. 귀한 재료와 좋은 작업은 장식을 추방한다. 왜냐하면 가장 타락한 인간이라도 오늘날에는 귀한 목재 표면을 상감 세공하고, 대리석판에 그려진 희귀한 자연무늬에 조각 장식을 하거나, 다른 모피와 함께 바둑판무늬로 이어 붙이려고 멋진 은여우 모피를 작은 사각형으로 조각내는 일을 수치스러워 할 것이기 때문이다. 과거 시대는 우리가 느끼는 것처럼 재료의 가치를 알지 못했다. 당시에는 쉽게(아무 양심의 가책 없이) 장식할 수 있었다. 우리는 이전 시기의 장식을 보다 멋진 것과 바꾸었다. 귀한 재료는 신의 기적이다. 나는 기꺼이 귀한 진주목걸이를 위해 랄리크[103]의 모든 공예품을, 혹은 빈 공방의 모든 장식을 줄 것이다.

그러나 한평생 진주를 일렬로 꿰는 데 바친 진주 상인의 광적 열망에 대해, 혹은 귀한 나무를 발견하여 이제 그것으로 특정 작업을 하려는 목수의 깊은 고민을 제도판 앞에 앉아 있는 예술가도 알지 않을까?

1898년에는 모든 목재가 빨강, 연두, 파랑 혹은 보라로 착색되었다. 건축가가 물감 상자를 마음대로 사용했다. 그리고 이제, 내가 빈에 있는 내 카페무제움에서 처음으로 현대적인 작업을 하며 마호가니 목재를 사용할 때, 빈 사람들은 그것이 환상적인 형태와 색채뿐만 아니라 다양한 재료로 있다는 사실을 알게 되었다.

그리고 다양한 작업도 있다. 나는 이를 알고 주의를 기울인 덕에, 내가 이십 년 전에 만든 단순한 가구들은 오늘날에도 여전히 살아 있고 (아라우 근처 부흐스에 있는 식당에서) 사용되고 있다. 저 시대의 제체시온슈틸과 유겐트슈틸의 판타지 작품은 사라졌고 잊혔다.

---

103 아르누보 양식의 공예 유리그릇으로, 20세기 초부터 공장 생산이 가능해졌다.

재료와 작업은 매해 오는 새로운 유행의 물결에 가치절하 되지 않는 정의다.

요제프 호프만에 관하여(1931)

삼 년간 나라를 떠나 있다가(그동안에는 미국에 있었다.) 1896년 빈에 돌아와 동료들을 만났을 때, 나는 놀라서 눈을 비벼야만 했다. 이들, 이 모든 건축가들은 예술가다운 옷차림을 하고 있었다. 보통 사람들의 옷차림이 아니라, 미국식 가치관에 따르면 멍텅구리처럼 옷을 입은 것이다. 그들은 화려한 재료로 이 옷을 만드는 어떤 양재사를 특별히 훈련시킨 것 같았다. 사람들은 웃었지만, 언론인으로부터 조언을 받은 정부는 모두를 박사님과 교수님으로 만들었다. 나는 빈의 옛날 목공 작업, 전통 및 품질을 찬성했었는데, 그들의 작업은 그들의 옷과 똑같이 보였다. 하지만 나는 그들 그룹에서 제외되었다. 내 옷이 증명하듯, 나는 예술가가 아니었다. 왜냐하면 양복점 골트만운트잘라취의 단골이었고, 내 동료들에게 그런 쓸데없는 것은 그만두고 나처럼 하라고 설득했기 때문이었다. 나는 비웃음을 당했다. 그때 나는 집 안 설비를 해 달라는 주문을 받았다. 이 집 안 설비들을 같이 보러 가려고 요제프 호프만과 콜로 모저를 불렀다. 어느 수요일 오후 우리는 영업용 마차를 타고 그쪽으로 갔다. 슈퇴슬러[104] 저택이었다. 두 사람은 아무 말 없이 낯선 물건들을 눈여겨봤다. 그런 뒤 우리는 헤어졌다. 이틀 뒤에 나는 골트만운트잘라취에 갔다. 나이 든 신사가 물었다. "로스 씨, 덕분에 고객이 한 명 더 생기게 됐네요, 감사드립니다." 나는 모든 세계, 예술과 문학을 골트만 양복점으로 보냈기 때문에, 누구를 말하는지 몰랐다. "누군데요?" "공예학교 교수님인데, 요제프 호프만 씨라고 하시더군요." 나는 깜짝 놀랐다. "그래요, 언제부터 그분이 이곳 고객인가요?" "그저께 오후부터입니다." "그분이 몇 시에 여기 왔죠?" "요한, 고객 명단을 좀 살펴보게! 호프만 교수님이 몇 시에 여기 오셨지?" "오후 5시 반입니다." 그는 십오 분 전에 나와 헤어졌었다.

골트만운트잘라취에서 확인해 준 일자 이후 요제프 호프만은 유럽식으로 옷을 입었다. 그리고 직선은 분리파의 특징이 되었다! 사람들은 속을 채운 쿠션에 앉았고, 은으로 된 주사위를 만들고는 그것을 찻주전자라고 불렀다. 이런 일은 다고베르트 페헤[105]가 등장해서 내 이론에 대한 이 완벽한 오해를 풀어 줄 때까지 계속 되었다. 사람들은 나중에는 그를 모방했다.

독일 바이마르에 설립된 바우하우스는 이론의 오해를 또

---

104 아돌프 로스는 1898년 오이겐 슈퇴슬러(Eugen Stössler)의 집 가재도구를 설계했다. 식당에 있던 가재도구는 현재 빈의 황실가구박물관(호프모빌리엔데포트)에서 볼 수 있다.

105 Dagobert Peche(1887~1923). 오스트리아 예술가로 빈 공작연맹 회원 중 가장 상상력이 풍부한 천재로 여겨진다. 페헤의 경쾌한 설계는 빈 공작연맹을 초기의 기하학적 엄격함에서 벗어나게 했다.

넘겨받았다. 그러고 나서는 '신즉물주의'라고 불렸다. 이 신즉
물주의를 결국 요제프 호프만이 다시 넘겨받았다. 그러더니
1896년부터는 설상가상으로 여기에 장식의 더욱 복잡해진
형태들, 즉 쓸모없는 설계, 선호 재료(콘크리트, 유리, 철)의 광
란이 더해졌다. 바우하우스와 구성파 낭만주의는 장식 낭만
주의보다 나을 것이 없다.

　　모든 신사들은 결국 언젠가는 의견의 일치를 봐야 할 것
이며 더는 모토에 따라 일을 해서는 안 된다. 그 대신 내가 이
미 1896년, 요제프 호프만이 유럽 문화인의 옷을 입도록 도와
주었을 때 원했던 것처럼 일을 해야 한다. 즉 현대적으로.

베토벤의 병든 귀(1914)

18세기에서 19세기로 넘어가는 전환기 무렵, 빈에는 베토벤이라는 이름의 음악가가 살았다. 대중은 그를 비웃었다. 별난 생각을 했고 체격은 작았으며 우스꽝스러운 머리 모양을 했기 때문이었다. 시민들은 그가 작곡한 작품들을 불쾌해했다. 그들은 말했다. "안됐어, 그 남자는 귀가 병들었어. 그의 뇌는 끔찍한 불협화음을 만들어 내. 하지만 그는 그게 환상적인 조화라고 주장하는데, 증명되다시피 우리는 건강한 귀를 가졌으니, 그의 귀가 병든 거지. 안됐어!"

그러나 귀족은 세상이 자신에게 부여한 권한 때문에 세상에 갚아야 할 의무도 알고 있어서, 이 남자에게 그의 작품을 공연하는 데 필요한 돈을 주었다. 귀족에게는 베토벤의 오페라를 황제의 궁정 극장에서 상연할 힘도 있었다. 하지만 극장을 메운 시민들은 두 번째 공연은 엄두도 못 내게, 이 작품에 엄청난 실패를 안겨 줄 준비를 하고 있었다.

이후로 백 년이 지났고, 시민들은 그 병들고 미친 음악가의 작품을 감동해서 듣는다. 시민들이 1814년의 그 귀족들처럼 고귀해진 것인가, 천재의 의지에 경외심을 가진 건가? 아니다, 그들 모두가 병이 든 것이다. 그들 모두 베토벤의 병든 귀를 가진 것이다. 백 년 동안 성스러운 베토벤의 불협화음이 시민들의 귀를 학대했다. 그들의 귀는 이런 학대를 견딜 수 없었다. 모든 해부학적 세밀함, 귀의 모든 작은 뼈, 돌기, 고막, 유스타키오관은 베토벤의 귀와 같은 잘못된 형태를 만들어 냈다. 그리고 골목의 개구쟁이들이 따라다니며 놀려 댔던 그 우스꽝스러운 얼굴은 그 민족에게는 세계의 정신적 얼굴이 되었다.

그것이 육체를 형성하는 정신이다.

아르놀트 쇤베르크와 동시대인들(1924)

"「구레의 노래」[106] ……이 마지막 작품들! 이 작품들을 어떻게 설명하시겠어요? 만일 쇤베르크가 정말로 창작의 마지막 시기에 있다면(물론 의심의 여지는 없습니다만) 그는 「구레의 노래」에 대해서 어떻게 생각할까요? 이 노래를 부정해야만 하지 않겠어요? 그사이 우리는 정반대되는 사실을 알았습니다. 그가 이 노래를 연습해서 지휘한 것을 알았습니다. 이런 모순에 대해 설명을 좀 해 주십시오!"

존경하는 대중이여, 당신들이 잘못 생각하고 있다. 그 누구도 그가 창작한 것을 부정하지 않는다. 수공업자도 예술가도. 구두장이도 음악가도. 관객은 형태의 차이를 인식하지만, 창조적인 인간들에게는 그 차이가 잘 보이지 않는다. 장인이

---

106 「구레의 노래」는 독일어로는 Die Gurrelieder, 즉 구레의 노래들이라고 복수로 되어 있다. 우리말로는 단수로 번역되어 있어 그를 따른다. 쇤베르크가 20세기에 들어 처음 작곡한 작품으로, 전체적으로 후기 낭만주의 느낌이 확실한 조성음악이다. 가사는 덴마크의 소설가인 야콥센이 쓴 열아홉 개의 시를 소재로 하고 있다.

십 년 전에 만든 신발은 좋은 신발이었다. 그는 왜 이런 신발을 창피해해야 하나? 왜 자신이 만든 신발을 부정해야만 할까? "이 쓰레기는 보지 마세요, 제가 십 년 전에 만든 거예요." 이런 말을 건축가만 할 수 있었다. 잘 아시겠지만 나는 건축가를 사람이라 생각하지 않는다.

수공업자는 저도 모르게 형태를 만든다. 형태는 전통을 통해 전수되며, 수공업자가 살아 있는 동안 완성된 변화는 그의 의지와는 무관하다. 변화한 그의 의뢰인들(그들은 점점 늙어 간다.) 이들이 수공업자를 자극하고, 그래서 소비자도 공급자도 의식하지 못하는 변화가 완성된다. 황혼기에 장인은 젊은 날에 만든 것과는 다른 구두를 만든다. 그의 필체가 오십 년이 지나는 동안 다른 글씨체가 되는 것과 마찬가지다. 모든 필체가 같은 정도 변형되고, 글씨를 쓰는 사람 모두 같은 정도로 이런 변화에 참가하는 것과 같다. 그래서 사람들은 쉽게 글자의 형태에서 한 세기를 추측할 수 있다.

예술가는 다르다. 그에게는 주문자가 없다. 주문을 하는 사람은 예술가 본인이다.

그의 첫 작품은 늘 자신의 환경과 의지의 산물이 될 것이다. 하지만 그 사람, 들을 귀가 있고 볼 눈이 있는 바로 그 사람에게는 이 첫 작품 안에 예술가 필생의 작품 전체가 포함되어 있다.

악어들은 인간 태아[107]를 보면서 말한다. "이건 악어로군." 인간들은 똑같은 태아를 보면서 말한다. "이건 인간이야."

「구레의 노래」에 대해 악어들은 말한다. "이건 리하르트

107 임신 4주째부터 4개월 마지막까지의 태아를 뜻한다.

바그너의 곡이야." 하지만 인간들은 처음 세 박자를 듣고 나면 들어 본 적이 없는 새로운 것이라고 느끼고는 말한다. "이건 아르놀트 쇤베르크 곡이야."

이와 다른 적은 없었다. 모든 예술가의 삶은 이런 오해에 부딪혔다. 그의 고유한 특성을 동시대인은 모른다. 예술가의 불가사의한 점을 그저 이상하다고 느낄 뿐이다. 동시대인은 처음에는 그저 추측할 뿐이다. 그러나 새로운 것, 즉 예술가의 자아가 완전히 이해되면, 웃음과 난폭함으로 자신의 열등함을 무마하려 한다.

우리는 아주 어린 소년 시절부터의 렘브란트 작품을 알고 있다. 그는 유명한 화가였다. 이후 그는 「야간 순찰」[108]을 그렸다. 사람들은 소리치며 난리 법석을 떨었다. "왜 이제 다른 것을 그리는 거야? 이건 그 유명한 렘브란트가 아니야, 끔찍한 엉터리야!" 대가는 놀랐지만 대중이 무슨 생각을 하는지 몰랐다. 그는 전혀 바뀌지 않았고, 새로운 것을 완성하지도 않았다. 300년이 지난 후 대중은 대가가 옳다고 인정한다.

그것은 정말 새로운 렘브란트가 아니라, 그저 더 향상되었고 더 위대해졌으며 더 힘찬 렘브란트였을 뿐이다. 그런데 대중, 렘브란트의 작품을 쭉 살펴본 대중은 동시대인이 대가의 작품에서 그렇게 날카롭게 지적한 균열을 전혀 알아차릴 수가 없다. 소년 시절의 스케치에서도 렘브란트가 온전히 드러나 있었다. 그러니 우리는 놀라서 물어볼 수밖에 없다. 이 그림들의 혁명적인 특성이 그렇게 순순히 받아들여지는 게

---

108 렘브란트의 「야간 순찰」은 「야경」으로도 번역된다. 1642년작, 캔버스에 유채, 363×438센티미터, 암스테르담 국립 미술관 소장.

어떻게 가능했는지 말이다. 하지만 악어들은 악어만 본다.

다른 예를 들어야만 할까? 베토벤의 길을? 9번 교향곡은 대가의 귀가 들리지 않은 탓이었음을 사람들은 잊었는가? 프랑스인들이, 미쳐 버린 독일 대가를 위해 전력을 다하지 않았더라면, 어쩌면 이 작품이 영원히 사라질 수도 있었다는 것을 잊었는가!

아르놀트 쇤베르크의 동시대인이 골머리를 앓았던 그것이 사람들의 경탄을 불러일으키려면 수백 년은 흘러야 할 것이다.

카를 크라우스[109](1913)

그는 새 시대의 문턱에 서서, 신과 자연으로부터 아주 멀리 떨어진 인류에게 길을 제시한다. 머리는 별 속에 묻고, 발은 땅 위를 딛고, 심장에는 인류의 비탄으로 인한 고통을 가득 담은 채 그는 걸어간다. 그리고 외친다. 그는 세계의 종말을 두려워한다고. 그러나 그가 침묵하지 않기 때문에, 나는 그가 희망을 포기하지 않았음을 안다. 그는 계속 외치며, 그의 목소리는 다가오는 세기를 울릴 거다. 사람들이 그 목소리를 들을 때까지. 그리고 인류는 언젠가는 자신의 삶을 구해 주었다며 카를 크라우스에게 감사할 것이다.

---

109 Karl Kraus(1874~1936). 오스트리아 작가. 크라우스는 상투어란 "정신의 장식"이라며 사용을 반대했다. 로스와 크라우스는 많은 차이점에도 불구하고 유사한 사상을 가진 동지였다. 1933년 8월 25일 아돌프 로스의 장례식 때는 로스를 기리는 연설을 했다.

오스카 코코슈카[110](1913)

　　나는 1908년 그를 만났다. 그는 빈 쿤스트샤우의 포스터를 그렸다. 사람들은 그가 공방의 일원이며, 부채 그림, 그림엽서의 그림 같은 것들을 독일식으로, 즉 상업 예술적으로 그린다고 했다. 나는 여기서 예술이라는 성스러운 정신에 엄청난 범죄가 저질러지고 있다는 사실을 즉각 알아챘다. 나는 그에게 와 달라고 부탁했다. 그가 왔다. 그는 지금 무슨 일을 하고 있을까? 그는 가슴의 모형을 뜨고 있다고 했다.(그저 구상을 끝냈을 뿐이다.) 나는 그것을 샀다. 가격이 얼마냐고? 담배 한 가치. 이상 끝. 나는 절대 흥정하지 않는다. 하지만 결국 우리는 50크로네로 합의했다.

　　쿤스트샤우에 전시할 벽 장식용 양탄자를 위해 그는 실물 크기의 스케치를 완성했다. 그것이 전시의 하이라이트였고, 빈 사람들은 양탄자에 그려진 척추 장애로 등이 굽은 사람을

110　Oskar Kokoschka(1886~1980). 오스트리아 표현주의 화가. 그가 1909년 그린 아돌프 로스의 초상화는 표현주의 초상화로서 유명하다.

보고 웃기 위해 몰려들었다. 나는 그것을 사고 싶었지만, 그것은 빈 공방 소유였다. 결국 그 스케치는 전시장의 아궁이 속에서, 쓰레기 더미 속에서 끝을 맞이했다.

코코슈카가 빈 공방을 나온다면 그곳에서 받는 만큼의 수입을 보장하겠다고 했고, 그를 위해 작품 주문을 받아 주려 했다. 그를 스위스 레장에 있는 아픈 내 아내에게 보내어, 이웃에 사는 포렐 교수의 초상화를 그릴 수 있게 해 달라고 부탁했다. 그런 뒤 그 그림을 베른에 있는 박물관 사무실에 200프랑에 사라고 제안했다. 거절당했다. 그래서 그것을 빈 퀸스틀러하우스에서 열리는 전시회에 전달했다. 그런 뒤에는 로마에서 전시를 열고 있는 클림트 그룹에게 보냈다. 반대에 부딪히고 거부당했다. 만하임 시가 그것을 살까 망설였다.

그림 하나에 200크로네라니. 어떤 사람도, 어떤 갤러리도 그 그림을 원치 않았다.

미하엘러플라츠에 내 집에 세워지자, 코코슈카에 대한 나의 열광은 열등의 증거로 간주되었다.

그런데 오늘날은 어떤가?

당시 나는 조롱을 받고 거부당했지만, 코코슈카 후원 작업에 힘을 좀 실어 달라고, 그림을 200크로네에 사라는 부탁을 하러 온 도시를 헤매고 다녔다. 때문에 지금 나 자신에 대한 분노는 당시와 맞먹을 정도로 커졌다. 코코슈카의 그림 값이 얼마나 올랐던지.

나와 코코슈카는 이 모든 걸 극복했다.

내 60번째 생일날 코코슈카가 편지를 보냈다. 이는 위대한 예술가적 재능은 위대한 인간성을 포함하고 있음을 다시 한번 증명한다.

페터 알텐베르크와의 이별(1919)

사랑하는 페터,

이제 자네는 세상에 없군. 자네에 관해 글을 써 달라는 부탁을 받았다네. 사람들은 장엄하고 위대하며 멋진 울림을 주는 말을 기대하겠지. 죽음, 죽음을 목격한 벗이 생각해 낼 법한 말을 말이야……

하지만 난 안다네, 사랑하는 페터, 자네는 그런 말을 기대하지 않는다는 걸 말일세. 자네는 모든 장엄한 것들에 반기를 들었지. 아마 독자에게 비친 자네 모습은 종종 엄숙하게 보이기도 할 거야. 하지만 자네 목소리의 울림을 한 번이라도 들은 사람은(아, 자네 목소리는 정말 멋졌어!) 자네의 글쓰기 방식이 세상에서 가장 자연스럽다고 생각할 거야. 그 완벽한 무기력을.

어쨌든 나는 자네에 대해 해명해야 해. 사람들은 자네를 낮에는 자고 밤에는 유흥업소에서 죽치고 앉아 있던 사람으로만 알고 있거든.

그래, 부랑자, 가진 돈을 탕진하는 그런 인간이라고 말이야! 그런데 그렇지 않아, 자네는 그런 사람이 아니었어. 검소한 사람들 중에서도 가장 검소한 사람이었지. 매일 아침 휴식을 취하려 몸을 뉘기 전에 자네는 돈을 셌어. 한 푼도 허투루 쓰지 않았음을 확인했을 거야. 절약한 돈은 모두 은행에 저축했고. 그리고 언젠가 그문덴에서 있던 일이었는데, 호텔에 도둑이 들었다는 소리를 듣자 자네는 마지막 한 푼까지 예금하고는 동생에게 전보를 쳤지.

게오르크, 100크로네 보내라. 돈을 모두 저금해서 굶어 죽을 지경이야.

그래, 구두쇠였어. 아냐, 맹세코 자네는 구두쇠가 아니었어. 자네는 항상 학대받은 아이들, 페아(P.A.)가 신문에서 접한 아이들 모두에게 약간의 돈을 주었지. "페터 알텐베르크 10크로네." 아동 보호소나 구호소의 사업 보고서에는 항상 이런 글귀가 실렸어. 사람들은 웨이터나 하녀에게 물어봤어. 아니, 그 어떤 신사도 페아보다 팁을 많이 주지 않았어. 그리고 누군가에게 한시라도 빨리 마음을 털어놓고 싶을 때면, 자네는 한밤중에 집사 방의 벨을 울려 댔지. 집사는 전보용지 열장 분량을 들고 우체국을 향해야 했어. 집사에게 전보문과 함께 건넨 100크로네 되는 돈이 그 비용으로 사라졌지. 내용은 "너를 사랑해! 다만 알텐베르크 식으로."이지.

그래, 돈을 낭비하기는 했어! 아니, 자네는 최근 두 해 동안 매일 감자 삼 인분으로만 살았어. 고기 메뉴에 10크로네를 지불하는 것은 정신 나간 낭비라고 생각했기 때문이지.

그래, 모든 것에 만족하는 분수를 아는 사람이었어! 아니,

자네는 그런 사람이 아니었어. 세상에 자네보다 까다롭고 예민한 미식가도 없지. 사과 수백 개 중에서 자네는 제일 맛있는 것을 확실하게 골라낼 수 있었어. 그것도 손이 아니라 눈으로. 부드러운 가재와 콩팥구이를 척 보고 알아차렸어. 모든 동물에서 소화가 제일 잘되는 부위, 즉 허리살만 먹었지. 자고새와 꿩은 가슴살만 먹고, 거무스름한 고기에는 손도 안 댔어. 아스파라거스, 그래, 그것도 제일 좋은 솔로 아스파라거스만 먹었지. 그리고 언젠가는 웨이터를 세 번이나 물리친 뒤, 그가 권한 콩팥구이를 시켜 맛보더니 그대로 둔 채 돈을 지불하고는 배를 곯았지. "페터, 아무것도 안 먹을 거야?" "안 먹어, 오늘 예산은 다 썼어."

그래, 자네는 향락을 좋아했어. 집시 음악이 연주되고 샴페인이 나오고 소녀들이 춤추는 곳을 제일 좋아했으니까. 그러니까 이봐, 자네는 알코올중독자였어. 아니 그렇지 않아, 자네처럼 그렇게 술을 싫어하는 사람도 없었으니 말이야. 아이들이 쓴 약을 싫어하는 것처럼, 포도주와 소주, 잠을 청하려고 한 잔씩 마시는 침대 협탁 위 큰 병에 들어 있던 술들을 무서워했지. 식사 중에 자네에게 리큐어 한잔이라도 권할 수 있었던 사람은 아마 한 명도 없을 거야. 맥주나 샴페인은? 맥주가 자네한테는 수면제 효과가 있었지.(그날 밤 스물네 병을 마셨잖아.) 자네는 고리타분하게 단골 식탁에서 즐기던 맥주 한잔도 포기해야 했어.

그리고 자네는 여성들한테 마음을 빼앗겼지. 하지만 자네는 구석에 앉아 친구들하고만 이야기하고 아가씨들한테는 신경도 안 썼어. 자네는 왈츠를 싫어했어. 미국이나 영국 멜로디가 울릴 때나 귀를 기울였지. 그때만 열광해서 귀 기울이거나 노래할 수 있었어. 자네 목소리는 오보에처럼 울렸어. 때로 어떤 아가씨를 마음에 둔 적도 있지. 하지만 그녀와 대화하려 들지는 않았어. 눈으로 즐기려 했지. 그녀가 하는 모든 말들이 자네한테 실망을 주었으니까.

그래, 자네는 여성 혐오자였나? 그렇기도 하고 아니기도 하지. 사람들은 자네의 책을 읽으며 자네가 마지막 음유 시인이라는 점을 밝혀내려 했어. 하지만 자네가 하는 말을 듣고는 얼마나 다들 얼마나 실망하던지. 자네가 여성을 잘 알기 때문이야. 여성의 마음을 남성의 몸에 품은 자네니까 말이야. 근데 그건 비꼬인 여성의 마음이었어. 세상이 볼 때는 모든 게 제대로 된 듯했겠지. 단지 아이들에 대한 자네 태도에 대해서는 사람들이 확실히 오해했어. 그게 여성스럽고 어머니 같은 태도였다는 것을 그들은 몰랐어.

지나칠 정도로 물건을 정돈하는 자네의 성향, 깔끔함은 여성적인 성향이었어. 자네 집은 감동적이야. 그래서 나는 빈에, 도시 빈에 이 집을 시립 박물관에 옮겨 놓으라고 요청할 거야. 페아가 머물던 이 방을 갖다 놓을 자리가 있을 거야. 자네가 고르고 골랐던 벽지를 다시 바를 수 있겠지. 작은 성수 그릇, 묵주, 객실을 청소하는 아가씨가 자네에게 준 마리아첼산(産) 10크로네짜리 성모 마리아상과 함께 모든 게 옛 자리에 놓일 거야.

청소하는 아가씨들! 그들은 오늘 모두 무덤에서 울겠지. 하인도. 페아는 폭군이었어. 하지만 페아만큼 사랑받은 폭군은 없었을 거야. 폭군 중에서 가장 인간적이었으니까.

이 몇 줄로 자네가 충분히 설명되었을까? 아닐 거야. 그래도 할 수 없지! 빈 사람들을 이해시킬 만큼 충분히 크고 강한 목소리는 없을 테니까. 극작가 그릴파르처의 장례식 이후 빈의 아들 중 자네보다 위대한 인물이 무덤에 옮겨진 적은 없어.

1870. 12. 10. 오스트리아 헝가리 제국의 브륀(현재 체코
의 브르노) 출생.

1880 김나지움에 입학했으나 품행이 좋지 않아
학교를 계속 옮김.

1885 라이헨베르크에 있는 오스트리아 헝가리
제국 국립 공예학교 입학, 1890년 브륀의
독일 국립 공예학교 졸업.

1889~1890 드레스덴 기술대학에서 건축 공부. 1년간
자원입대 후, 1892~1893 다시 학교에 다
님.

1893~1896 미국에 있는 삼촌 집에 체류.

1896 유럽으로 돌아와 빈에 정착. 저널리스트와
건축가로서 활동 시작. 음악가 아르놀트 쇤
베르크, 화가 오스카 코코슈카, 작가 페터
알텐베르크 등과 교류.

1898 《노이에 프라이에 프레세》에 발표한 글들

로 유명해짐.

1902	작가이자 배우인 리나 오버팀플러(Lina Obertimpfler, 1882~1984)와 결혼, 1905년 이혼.
1908	「장식과 범죄」 강연.
1912	10월, 국가의 인가를 받지 않은 사설 아돌프로스건축학교를 설립함.
1918	오스트리아 헝가리 제국이 붕괴된 이후, 로스는 체코슬로바키아 국민이 됨.
1918	무용수 엘지 알트만(Elsie Altmann, 1899~1984)와 결혼, 1926년 이혼.
1921	빈 주거 관청의 수석 건축가가 됨.
1924	파리에 거주하기 위해 위의 직책에서 물러나 빈을 떠남. 이로써 그가 세운 건축학교도 문을 닫음. 파리에서 당대의 선구자적 예술가들과 교류.
1928	빈으로 돌아옴.
1929	사진작가 클레어 베크(Claire Beck, 1905~1945)와 결혼, 1932년 이혼.
1933. 8. 23.	빈 근처 칼크스부르크(현재는 빈의 한 지역) 병원에서 사망.

작업 연보

로스는 230건 이상의 건축 프로젝트를 기획했고, 대부분의 작업을 직접 실행했다.

실내 인테리어

1897	에벤슈타인 양복점, 빈, 오스트리아
1899	카페무제움, 빈, 오스트리아
1907~1908	아메리칸 바, 빈, 오스트리아
1913	카페타푸아, 빈, 오스트리아
1913	브리지 클럽 빈, 빈, 오스트리아
1927	크니체 양복점 분점, 파리, 프랑스

상점

1909~1913	크니체 양복점, 빈, 오스트리아
1907	지그문트 슈타이너 장식용 깃털 가게, 빈, 오스트리아
1912	만츠 서점 입구, 빈, 오스트리아

1914	앙글로 외스터라이히셰 방크 입구, 빈, 오스트리아
1919	슈피츠 보석점 입구, 빈, 오스트리아
1923	레슈카 양복점 입구, 빈, 오스트리아
1929~1930	알베르트 마츠너 회사 입구, 빈, 오스트리아

거주용 건물

1910~1911	골트만운트잘라취 주상 복합 건물(로스하우스), 빈, 오스트리아
1921	지틀룽 히르쉬슈테텐, 빈, 오스트리아
1921	지틀룽 프리덴스슈타트, 빈, 오스트리아
1921~1924	지틀룽 빈베스트, 빈, 오스트리아
1930~1932	베르크분트지틀룽을 위한 두 가구용 건물, 빈, 오스트리아
1931	아르바이터지틀룽 바비, 라호트 동쪽(현재 체코)

개인 빌라

1904~1906	빌라 카르마, 스위스 몽트뢰 근방의 클라렌스
1910	헤롤트하우스, 개축 및 증축, 브르노, 체코
1910	슈타이너하우스, 빈, 오스트리아
1910~1911	콜트만하우스, 빈, 오스트리아
1911~1912	슈퇴슬하우스, 빈, 오스트리아
1912~1913	쇼이하우스, 빈, 오스트리아

1912~1913	호르너하우스, 빈, 오스트리아
1915~1916	두슈니츠하우스, 빈, 오스트리아
1916~1917	만들하우스, 빈, 오스트리아
1918	로르바흐 설탕 공장 사장의 빌라, 브륀 근방 로르바흐
1918~1919	슈트라서하우스, 빈, 오스트리아
1922	라이틀러하우스, 빈, 오스트리아
1922	루퍼하우스, 빈, 오스트리아
1923~1924	란트하우스 슈파너, 굼폴츠키르헨
1925~1926	트리스탄 차라하우스, 파리, 프랑스
1928	몰러하우스, 빈, 오스트리아
1929~1930	란트하우스 쿠너, 파이어바하
1930	뮐러하우스, 프라하, 체코
1931	슈나블하우스, 빈, 오스트리아
1931~1932	빈터니츠하우스, 프라하, 오스트리아

현대 건축과 디자인의 선구자 아돌프 로스

1910년 빈의 미하엘러플라츠에 골트만운트잘라취 양복점 건물이 세워졌다. 일종의 주상복합 건물인 이 집은 당시의 건물들과는 달리 건물에 아무 장식이 없었다. 창문을 장식하는 돌림띠가 없어 사람들은 눈썹 없는 집이라고 부르기도 했다. 이 눈에 거슬리는 집을 보지 않으려고, 오스트리아의 프란츠 요제프 황제(1830~1916)는 미하엘러플라츠 쪽으로 난 궁전 창문을 다 막으라고 했다. 이렇게 논쟁을 불러일으킨 건물을 지은 아돌프 로스는 예술사에서 건축과 디자인의 선구자로 평가받는다.

그는 1870년 오스트리아 헝가리 제국의 브륀에서 태어났다. 아버지 아돌프 로스(1831~1879)는 석공이자 조각가였다. 아버지가 일찍 사망한 뒤, 어머니 마리 로스가 석공 사업을 이끌었다. 1880년부터 로스는 여러 김나지움을 전전했다. 품행 평가가 좋지 않은 탓이었다. 우여곡절 끝에 고등학교를 마치고 잠시 대학을 다니다가 자원입대 후 또 다시 대학을 다녔지만 졸업하지는 못했다. 1893년 그는 배표와 50달러만 든 채 미국으로 갔다. 그곳에 사는 삼촌 집에 머물며, 접시 닦이, 음악 평론, 마지막 시기에는 가구 디자인과 건축 등 다양한 직업을 거쳤다. 이때 그는 19세기의 유명했던 시카고 건축학파의 영향을 받은 것으로 보인다. 1896년에는 빈으로 돌아와 저널리스트와 건축가로서 활동했다.

건축 분야에서는 실내 건축부터 시작했다. 1899년 카페 무제움과 1908년 아메리칸 바의 실내 건축으로 대중의 이목을 받았다. 특히 카페무제움은 장식이 없는 단순함 때문에 카페 니힐리즘이라는 별명을 얻기도 했다. 그는 이 작업 이전에 이미 신문과 잡지에 빈 분리파의 건축에 반대하는 자신의 생각을 분명히 밝혀 왔다. 그의 글 중 가장 유명한 것은 1908년에 강연했던 「장식과 범죄」다. 장식에 대한 그의 반대는 곧 유겐트슈틸과 빈 공방의 예술에 대한 반대였다. 장식을 배제한 대신 그는 고급스러운 재료와 기능에 우선을 두었다. 이런 자신의 생각을 전수하기 위해 사립 건축학교를 세우기도 했다. 물론 관청의 승인을 받은 학교도 아니었고 오래 지속되지도 않았지만, 여덟 명 남짓 되는 학생들 중에는 훗날 건축가가 된 파울 엥엘만(1891~1965)과 레오폴트 피셔(1901~1975)가 속해 있었다.

아버지로부터 예술적 재능과 함께 난청도 물려받은 아돌프 로스는 어렸을 때부터 귀가 잘 들리지 않았고, 중년에는 완전히 청력을 잃었다. 그러나 장애는 그의 활동과 인생에 큰 걸림돌이 되지 않았다. 230건 이상의 건축 프로젝트, 강연, 오랜 세월 신문과 잡지에 발표한 글들, 세 번의 결혼과 세 번의 이혼, 음악가 아르놀트 쇤베르크, 화가 오스카 코코슈카, 작가인 페터 알텐베르크와 카를 크라우스 등 사회 저명인사와 친분

등이 보여 주듯, 그는 대단히 외향적이며 활동적인 인물이었다.

　말년에는 질병으로 인해 휠체어에 의지했고, 이로써 모든 활동을 접을 수밖에 없었다. 그는 빈 근처의 칼크스부르크의 병원에서 사망, 빈의 첸트랄프리트호프에 묻혔다. 자신의 묘비석 역시 직접 디자인한 것이었다.

옮긴이
이미선

홍익대학교 독어독문학과 및 같은 대학원을 졸업하고, 독일 뒤셀도르프대학교에서 독문학으로 박사 학위를 받았다. 옮긴 책으로는 『꾸밈없는 인생의 그림』, 『불순종의 아이들』, 『천사가 너무해』, 『누구나 아는 루터, 아무도 모르는 루터』, 『멜란히톤과 그의 시대』, 『수레바퀴 아래서』, 『소송』 등이 있다.

장식과 범죄   1판 1쇄 펴냄 2021년 9월 10일
1판 2쇄 펴냄 2023년 3월 13일

지은이 아돌프 로스
옮긴이 이미선
발행인 박근섭, 박상준
펴낸곳 (주)민음사

출판등록 1966. 5. 19. 제16-490호
서울시 강남구 도산대로 1길 62(신사동)
강남출판문화센터 5층 06027
대표전화 02-515-2000 팩시밀리 02-515-2007
www.minumsa.com

한국어 판 ⓒ 이미선, 2021, Printed in Seoul, Korea

ISBN 978 89 374 2979 8 04800
ISBN 978 89 374 2900 2 (세트)